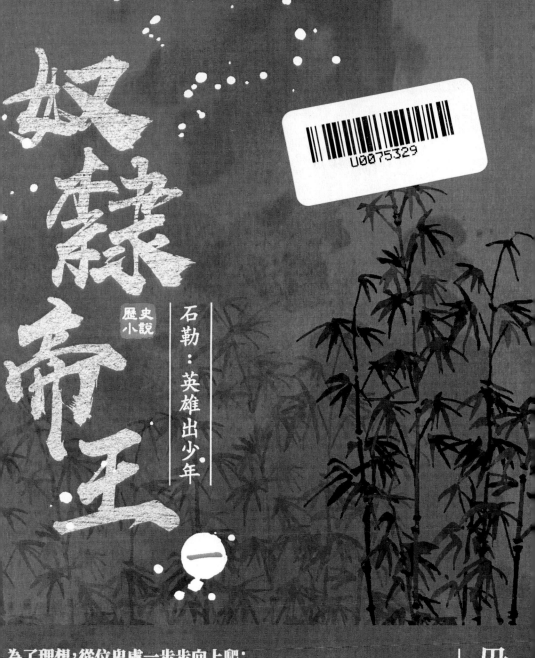

奴隸帝王

歷史小說

石勒：英雄出少年

一

為了理想，從位卑處一步步向上爬；
他發誓：改變自己，更要改變積弱不振的國家！

跨越階級、種族的籓籬，只為成就霸業，
中國史上第一位奴隸出身的帝王，五胡十六國之後趙開國君主石勒！

毌福珠 著

目錄

前言

自序

3

目錄

前言

本書《奴隸帝王 —— 石勒：英雄出少年》為歷史小說系列「石勒」的第一集。

本系列書共有四集：

奴隸帝王 —— 石勒：英雄出少年

奴隸帝王 —— 石勒：一劍能當百萬師

後趙明主 —— 石勒：眾望所歸，稱王於襄

後趙明主 —— 石勒：逐鹿中原，歲月如夢

第一集《奴隸帝王 —— 石勒：英雄出少年》一至十一回，講述了後趙開國君主石勒的少年時期，記敘他開國立業的夢想之起點；

第二集《奴隸帝王 —— 石勒：一劍能當百萬師》十二至二十三回，講述石勒投身軍旅後，金戈鐵馬的征戰歲月；

第三集《後趙明主 —— 石勒：眾望所歸，稱王於襄》二十四至三十五回，敘述石勒在眾多部將的擁戴下，於襄城稱王的經歷；

第四集《後趙明主 —— 石勒：逐鹿中原，歲月如夢》三十八至四十六回，細數了這位後趙君主的功績及其晚年。

作者以其豐厚的歷史學養及流暢文筆，細膩描繪出後趙明帝石勒從奴隸到帝王的傳奇人生，集集精彩，集集不容錯過。

前言

自序

一個從奴隸到帝王的故事

這個故事，講的是石勒一生曲折起伏的經歷。

《晉書‧石勒載記》載：「石勒上黨武鄉羯人。」他出生的年代，正趕上魏晉門閥政治興起之時，士大夫貴族階層個性開放、隨興而為，塵談玄學、無為而治的各種思潮湧動並傳播滲透到國家政治領域，晉朝王氣黯然，惠帝政權失控，八王之亂戰火頻仍，打打殺殺長達十六年，百姓在亂中求生。日子本就過得困苦不堪，又逢上太安年間（西元三〇二至三〇三年）天旱不雨，并州大地連年饑荒，眾多的升斗小民處於無食等死之境。饑饉和戰亂裏挾著石勒，在官兵抓人販賣獲利的情況下，石勒雖然跑到朋友家躲過一劫，但風浪依舊，到頭來還是被并州刺史司馬騰「執胡而賣」，掠至山東淪為奴隸，在茌平縣一個塢主的田地裡苦受煎熬……

世道的不公和歧視，把石勒逼上反叛之路。憑著一腔血性之勇，率領平素結交的八個苦難兄弟，時稱八騎，仗劍天涯，揭竿反晉。這之後，又有十人站到他的旗幟之下，號為十八騎，頻繁山沒冀州一帶，逐漸組織起一支上千人的兵馬，後提兵攻打郡縣，被官兵圍剿大敗。他突出重圍，投靠匈奴族人劉淵所建漢國，屢建戰功。

自序

　　石勒是文盲，「雖不視兵書」，而能使「攻城野戰合於機神」，「暗與孫吳同契」，以卓絕的戰略遠見統眾御將馳騁疆場，於永嘉五年（西元三一一年）夏在苦縣一戰殲滅太尉王衍統領的十萬大軍，襲殺司馬宗室四十八王，聲威天下，漢國進用他為鎮東大將軍，麾下眾至二十萬。接著會同漢將劉曜、王彌攻陷洛陽，俘晉懷帝司馬熾。滅西晉後，石勒轉兵北去屯駐襄國城，以此為據，戡平周邊諸雄，於大興二年（西元三一九年）自立門戶建立後趙，滅前趙，統一了北方大地。歷史把石勒推上九五之尊的寶座，在位十五年，建平四年（西元三三三年）六十歲病逝。

　　石勒是繼漢朝開國之君劉邦之後，從草野民間走出來的又一個平民帝王。他不畏險途，毅然闖蕩於八王之亂中，立馬沙場取天下。立國後，他借鑑商周「逆取順守」的做法，及時進行文武之道的轉換，外禦東晉，內修政治，酌減賦稅，勸耕農桑。他開辦學校，命人專管。他經常到郡縣看望和接見文學之士，賞賜穀物、布帛進行慰問。史書上記載他「雅好文學」。他還從國家治理、民族融合的角度出發，適時推出一些重建和維護社會道德秩序的舉措，制定《辛亥制度》五千文，使之成為倫理與法紀規制。

　　石勒出自羯族武夫，但他為人行事多受中原儒家傳統文化影響。他好怒，但只要進諫的人說得對，怒火很快就會平息下

來，有時還向被責備者賠禮道歉。對過去和他打過架的一個村人，也不計前嫌，把此人請到都城赴宴，並封他為官。他曠達大度，不拘小節，從不放縱自己，每以古代帝王那種「醉酒和美女」荒於政事為戒，身居高位而依然勤政簡樸，就連臨終發佈《遺令》，對他的後事做了「殮殯以時服，不藏金寶玉玩」一切從簡的安排，足見他的政治見地。

這部小說，以史籍所載石勒在軍事征戰和國家治理諸方面的主要歷史事件為框架構思而成。從頭至尾，以敘事的方式呈現故事，以故事的方式承載歷史，再現了這位從奴隸到帝王的傳奇人生。

毋福珠

自序

第一回

接懿旨並刺史晏使 完炭雉羯部大進貢

第一回　接懿旨並刺史晏使　完炭雉羯部大進貢

　　晉[01]太康七年[02]八月中旬，太行山[03]秋氣蕭森綿延迂迴的驛道上，一行三騎直向古城并州[04]治所晉陽馳去。

　　此際的晉陽城裡，并州刺史[05]司馬騰，詔封東嬴公[06]，正在廨庭與麾下幕僚聶玄、閻粹、司馬瑜等查核糧餉，守門當值兵卒急促進庭跪下道：「且稟牧伯，來傳懿旨[07]的使臣到。」

　　司馬騰攢眉直看下跪的兵卒，心想，我這裡山高皇帝遠，哪來的懿旨？抬手問道：「來使幾人？」

　　下跪兵卒回道：「一主二僕。」

　　裡面的司馬騰還在思忖，外面的吵鬧聲倒逼近了，一方說沒有應允不敢請入，另一方說一路上還沒有哪個州郡敢擋本使。這等口氣驚動了司馬騰，隔門望外，望見一個頭戴黑介幘[08]的官員走進來。細看時，認出是當朝宮廷給事[09]張泓，他才離座邁步上前，揖讓出手相迎。張泓進門就說并州刺史聽旨：「本

01　即司馬炎所建之晉朝，都洛陽。本名成周，戰國時改名洛陽，故址在今河南洛陽東北漢魏故城。

02　即西元二八六年。

03　一名五行山，或稱皇母山，在今山西、河北、河南三省交界處。

04　并州為古九州之一，故址在今山西太原。

05　古代統治一州的地方官稱刺史，也稱州牧，四品職銜。晉朝將茫茫天下疆土分為十九州，州官由刺史擔任，兼領武職，統領治中、主簿及諸曹從事等官員。

06　古代分五等爵位：公、侯、伯、子、男，公為第一等。

07　即古代宮廷裡皇太后或皇后的命令。

08　一種上尖長平的包頭軟巾，流行於漢魏時期，到晉朝時文官戴此冠。

09　晉朝時設此官員者多見於門下省，參與糾正獻納、外交等事務。到唐宋時門下省掌管詔令，詔令之首必冠以「門下」二字。

使受命來傳諭楊皇后口授懿旨，命并州貢獻雉雞六十隻、木炭六十筐，限期半月奉上。」

司馬騰跪聽宣諭畢，領旨謝恩站起，向張泓拱手，道：「適才部卒不識尊顏，怠慢之處還望張公多多見諒。」

雖然張泓品階低下，這時候卻是朝裡來的欽差，於是只傾身前躬還以平禮，道：「沒什麼，沒什麼，不知者不怪罪麼。」

一陣寒暄後，司馬騰說一聲「張公請」，將張泓朝主位上扶，張泓彎腰微微一俯，移步跪坐[10]到客位上，張泓帶的宮廷宿衛都尉和一名侍童坐於下首。司馬騰也沒再謙讓，目辭前來稟報的兵卒走後，朝主位上落座。在司馬騰迎接張泓時已經站起來的聶玄諸人，相互瞟一眼，謹慎伺候在司馬騰身邊。

臉色略顯沉鬱的司馬騰，坐定之後復又引背前俯施禮，道：「貢品限期過短促了，張公能不能寬限些時日？」

張泓還禮，道：「這可是楊皇后親口說定的，還特命雉雞必得是活的。如此懿旨，誰敢擅改！」

一個「活」字，把司馬騰說得一怔，他直了直身子，道：「活的，這……這這……雉雞耳聰目明、能跑會飛，在茫茫山野時隱時現，有句話叫死雉能打，活雉難捉。半個月，捉六十隻活雉，這旨意卜得也太離譜了。」

張泓道：「你東瀛公橫戈疆場斬獲千軍萬馬都不在話下，區

10　古人鋪席於地，坐時兩膝跪上去，伸直腰股，把臀部放在腳後跟上。

13

區六十隻活雉，又怎麼能難得住你！」

　　司馬騰搖頭，道：「你不用這樣奉承我，這可不比戰場拚殺。兩軍交鋒，即令不能克敵制勝，還可以迂迴撤退。你傳的懿旨，半月六十隻，還必得是活的，豈能與兩軍對壘相提並論！」

　　領旨出使并州，張泓猜想司馬騰是司馬宗室的高門貴種，憑仗居牧伯之位、秉一州之統、坐鎮一方的大吏威勢，可能會有一番討價還價，沒料到他會這般死纏硬磨，纏磨得他好不煩躁，火氣往上湧得快要翻臉了，又覺得在這件事情上，與這個只差沒有加「王」封號的司馬騰鬧翻，對自己絕無益處，轉而呵呵一笑，道：「不是我張泓不給你面子，是不能給你這個面子。」

　　無論如何，司馬騰都不會抗旨不遵，問題在於張泓說完六十隻雉雞、六十筐木炭之後，才又出來一句「雉雞必得是活的」，這便令他疑竇頓生，是不是因為守門當值兵卒禮數不周，那張泓現加了一個「活」字。到時候不能如數奉上，朝廷勢必由此問罪，不死也得革職。他凝神思考半天，還是以為「活」字出現不正常，便道：「張公宣諭的是皇后原話？」

　　向來行事溫和的張泓現下似乎忍不得那句懷疑性的發問，當下橫起了眼睛，道：「我知道你的意思在哪裡，我頭頂給事多年，是那種存心要害人之人嗎？」

見張泓用那樣的目光看他，司馬騰也擺出架子來，道：「本牧……」說了半句，頓了一下才把後面的話接下去：「倘或備貢不豐足，惹皇后不悅，不就有罪了。」

　　張泓說道：「你我都是為朝廷做事的，真要疏忽有失，張泓不會諉過別人。」

　　主位上的司馬騰見他說得還像句人話，便道：「張公這樣說，我就放心了。」

　　關於張泓其人，司馬騰知他是晉武帝司馬炎脅魏[11]受禪，服袞冕著赤舄，從皇城正門 —— 宣陽門出京師洛陽南郊坐上法駕稱帝時，在路途撿到一個不知來處的荒野之命，交給老闇宦養在宮裡，及至長大承旨辦事，甚是機敏果敢。太康四年[12]夏，晉武帝司馬炎在凌雲臺賜宴群臣，司空[13]衛瓘見司馬炎飲得甚為高興，就裝出幾分酒醉，跪到司馬炎的面前說他有一言，司馬炎點頭讓他有話直陳。衛瓘便手指御座說「此座可惜」，意在諫他廢掉司馬衷的太子[14]名分，另立賢明。司馬衷時年二十多歲，按說繼承皇位本屬自然，可他在儲位上幾年歷練下來，其癡呆依然如故，一些中下臣僚多感失望。中書令[15]張華覺得司馬炎有

11　此指西元二二〇年曹丕所建的魏國，都洛陽。

12　西元二八三年。

13　官名，有時也稱大司空，職掌營建城郭都邑、車服、器械、路、橋及監百工諸事。

14　古代帝王和諸侯的嫡長子，也叫世子，或稱儲君、儲貳、儲副等，為王位或皇位繼承人。

15　職掌修史、樞密機要，記錄皇帝、皇族子弟日常活動等。

二十多個兒子，拿出其中的任何一個，其聰明才智都比司馬衷強得多，也想趁此進言易太子，卻因看見司馬炎臉色陰沉著說衛瓘飲多了，回去歇息吧，把他嚇得低下頭不敢往下說了。在這以後，再也沒有人敢勸晉武帝更換太子了。不過，司馬衷的痴呆懦弱始終是晉武帝的一個憂慮。過了沒幾天，他以部分疑難國事策試司馬衷治政方略，太子妃賈南風十分清楚此試事關太子去留，密使張泓代為草擬了一些預判性的答詞，教太子熟讀熟背。殿堂應試那天，晉武帝親閱考卷，不覺一喜，這才保住了司馬衷的儲位。由此，張泓時常進出於賈南風掖庭，賈南風亦多次向司馬炎表奏張泓德行，授予四品官秩，領宮中給事之職，成為賈南風的心腹寵臣。司馬騰林林總總想到這裡，覺得張泓這個通天閹宦，時下雖不至於對他的仕途構成障礙，也不可有慢待、不敬這些話柄留給他，於是轉向聶玄、司馬瑜道：「你幾個速去吩咐膳夫預備酒宴，酒要醴醴[16]，本牧要款待張公。」

張泓猛地問一句：「東嬴公，活雉呢？」

司馬騰出手一堵，道：「宴間再說。」

※

司馬騰將張泓三人請到宴席上，分賓主席地跪坐，微笑著捧起酒爵，為一路鞍馬勞頓來到并州傳旨的張泓一行接風。在

16　用黍粥釀製的甜酒。

侍酒膳童幫各個酒爵再次斟酒之時，司馬騰按主人勸客飲酒贈送禮物的慣例，手捧束帛饋贈張泓，張泓接了後轉遞給隨他來的那個侍童，隨之禮貌地彎腰兩手相接前拱向司馬騰揖禮，道：「謝東嬴公。」

司馬騰一邊與張泓酬酢而飲，一邊朝他的部屬招呼一聲：「聶將軍，怎麼不見他幾個來和欽差敬酒？」

看出司馬騰想讓張泓飲個顛三倒四，所以不消片刻聶玄倒把周良、閻粹等人都叫來與張泓三人觥籌交錯暢飲。

自進得廨庭，張泓就鬱悶少語，直到此時，話語才漸漸地多了起來，司馬騰趁此又把語意往活雉上轉，說他從朝裡到守北將軍營，又到藩鎮，從未聽說過哪朝哪帝詔命下頭進貢活雉，今日這是哪家大臣進的言？

張泓揚揚手，露出一種急於要說話的樣子，道：「太子妃。哦，不不，是皇后。」

司馬騰道：「張公，你說錯了吧？她知道什麼叫雉雞，懂得何為活雉死雉？」

張泓語塞半晌，方道：「是皇后，可皇后說的也有太子妃的份。」

原想說一半留一半，把事糊弄過去，司馬騰不願接受那個「活」字，倒要弄清楚這懿旨究竟有多大的分量，一直逼問，張泓只好把留下的一半也說出來：太子妃賈南風少年時吃過山

雉肉，是她爹 —— 開國勳臣賈充奉旨并州放糧賑災，順便去介山[17]拜謁千古先賢忠魂介子推[18]陵墓那天，縣令送給的活雉，至今難忘其鮮味，想再吃一回。幾天前，賈南風有意與皇后楊芷聊起童年時吃過的膳食佳餚，唯有雉雞肉鮮美。楊芷說自己貴為一國皇后，竟無緣嘗得這般美味。賈南風趁此進言請皇后口傳懿旨，命并州刺史進貢雉雞，便可一嘗其鮮。楊芷說此事瞞不過陛下，沒辦法向他啟齒。賈南風笑瞇瞇地往楊芷身前一傾，低聲耳語幾句，說這雖不是久遠的密傳，可也不是她賈南風現謅出來的，這樣必能說動武帝司馬炎。楊芷朝她笑了笑，領著賈南風去了太極殿。

話至此境，張泓又抬手去端酒爵，隨他來的都尉低聲說道：「這爵酒，待末將來飲。」張泓沒有理他，仰臉與司馬騰目光一對，共飲了下去。

這情景，讓司馬騰、聶玄幾個忖度都尉之意，不好意思再勸酒，張泓也將酒爵推過一邊，說皇后楊芷和賈南風見了武帝司馬炎，禮畢坐下，怯聲怯氣把雉雞之事說出來。司馬炎臉色驟變，大聲問是誰的主意。賈南風一口坦承是她提出來的，想讓皇帝皇后設一席雉雞宴，與滿朝文武和後宮嬪妃同享盛宴之樂，以彰國朝君臣力同心，戡平吳國一統天下承平盛世，還說

17　在今山西介休東南。

18　春秋時晉國大夫。

這道宴要用雉雞、嫩筍加藥物烹製。人說秋冬山雉最肥，又沒有春夏那種青草味，目下中秋月分，正值獵食之時。只是雉須活雉，又須木炭煮烹，這樣做出來的佳餚，其味鮮美，還可強身延年，壽過百歲，把個司馬炎說得眉開眼笑，降旨准奏。

聽了那一聲「准奏」，司馬騰心裡微驚了一下。他只怕張泓在眾人面前問他：你東嬴公還懷疑活雉之旨真偽嗎？司馬騰轉身指一下侍酒膳童，命他斟酒。宮廷宿衛都尉向司馬騰做了一個散席的手勢，司馬騰也看出張泓眼皮半掩，便吩咐聶玄、周良幾個人送張泓往客館歇息去了。

出了廨庭屋門，聶玄和周良一邊一個陪在張泓兩邊，宮廷宿衛都尉和侍童跟隨在身後。那張泓酒酣興至，朝左一歪對周良說幫太子選妃，武帝初擬司空衛瓘之女，後來聽信楊皇后和侍中[19]荀勖之見，於泰始八年[20]二月冊立賈充長女南風為太子妃。司馬衷生性痴呆懦弱，賈南風短小面黑，兩人婚配是一種蠢兒醜女的聟合。向右一傾，對聶玄說丞相楊駿，恃仗女兒楊芷的皇后名位，威權無二，卻忌太子妃賈南風權謀……

宮廷宿衛都尉不想讓張泓隨意吐露宮廷的那些是是非非、恩恩怨怨，叫了一聲「張公」，張泓以「我自有分寸」堵得那都尉閉了口舌以後，他搖動一下有些沉重的頭，把太子儲位得

19　為丞相屬官，職掌拾遺補闕、贊導、陪乘等。

20　西元二七二年。

保，太子妃的地位也不容小覷的話都說了出來，宮中侍從多依附太子妃，連皇后和楊丞相說話行事也讓她三分。

方才在宴席上，周良曾低語六十隻雉雞宴須得多少人來享用。這話張泓聽得清清楚楚，只是沒有接腔。現在彷若回應周良說，設宴吃雉雞之事，不勞周將軍犯愁，宮廷裡有的是臣僚，有的是嬪妃媵嬙，僅陛下平吳就取吳宮美女五千人分居各掖庭，還不說原有嬪妃媵嬙呢。

見周良、聶玄嗤嗤發笑，張泓猜定是笑那麼多美女，司馬炎每夜臨幸哪個，不臨幸哪個。張泓又說道：「只是人主好色，偏又逢上一個獻媚邀功的臣子為他想出妙法，敕令靈巧工匠造得一輛恰好容得一人乘坐的羊拉之車，陛下坐上遂加一鞭，任那山羊竄至哪個嬪妃門首停下，便下車進門和那個嬪妃共度良宵，有人把這叫作『御駕駐蹕，唯羊所命』。」

這番話說得讓周良他們又嗤笑不止，宮廷宿衛都尉越發覺得張泓說話沒有分寸，他怎麼可以將這等事涉朝廷乾綱和後宮逸事傳說給外人聽呢？因聶玄他們陪伴在側，又不便明言，慌得前走兩步把聶玄朝旁邊略一撥，貼近張泓，說道：「有話回客館再說。」

張泓道：「你怕我出言無度，招致禍殃？我可是什麼也沒有胡說呀。只是今日承蒙東嬴公款待，多吃了幾爵純醴，即使說了，也是酒話。酒話，焉能當真？聶將軍、周將軍，你們說是不是？」

兩人同時微笑附和，道：「酒話，是酒話。」

※

　　緊鄰東山巔的層層雲縫裡，露出太陽的臉，將金色的光灑向武鄉縣[21]北原山下羯室的山山水水。樹木的果實、田裡黍類穀物稔熟的穗子，剛在微風吹拂之下向太陽點頭，東半天紅彤彤的薄雲瞬間變得烏黑，遮沒了半個天空。已經預備好收割秋莊稼的鐮刀、繩索、筐簍的農夫，眼望天空似要下雨的徵兆，還是紛紛朝田裡走去。

　　武鄉縣的部分村落，是漢羯雜居之地，多以農耕、放牧、射獵為生。羯人是匈奴[22]別部羯渠之胄的後裔，在逐水草而居的遊牧群落入塞時來到中原，其族屬基本以部落形式存在。處於武鄉山區的羯室，背靠山坡，面向蜿蜒而南的濁漳水[23]上游源頭支流，為山鄉襯托出幾分清秀景色。此刻，羯室部大周曷朱，在父親耶奕于的催促下，也來到自家黍田，站在田邊望一眼成熟枯黃的黍子，一手抓住黍稈，一手伸出鐮刀收割，沙沙沙的響聲把那些螻蛄、蝗蟲、螞蟻、甲蟲、田鼠等唬得匆忙而惶恐地亂蹦亂跳躲避。他指指那些逃奔的小東西，道：「爹，快看，快看。」

21　西晉初置，治所在今山西榆社社城鎮。

22　漢初居住在蒙古草原，東漢建武年間分裂為南匈奴、北匈奴。北匈奴被迫移居金微山以外，南匈奴從開始的五原寨逐漸南移至山西西南部一帶。

23　即漳水一源。漳水有清濁二源，皆出山西東南部。二水切開太行山東南流至河北南部邊緣匯合後，稱漳水，東北流轉經古鄴城（世稱鄴宮，在今河北臨漳西南鄴鎮）西北入海河。今河道是明末清初多次改道後形成的。

耶奕于看一眼，道：「天雨將至，人拿鐮刀收割黍子，牠怎麼能不怕。」

話音剛落，耳聽身後有人快步跑來。回頭一看，是縣裡麻差役來到身邊，他急急忙忙地道了一聲「有大事」，拖了周曷朱就走。耶奕于怔怔地望著兒子和麻差役腳後跟帶起的灰土，心裡咯噔一下：是何大事？也迅疾拔腿跟在兩人身後往回走。

周曷朱回到草屋，武鄉縣令早已在屋裡等候他。

看出縣令滿臉不悅，周曷朱畏怯地上前彎腰一俯，邊打招呼邊行禮。縣令不還禮，站起來要向門外走，說道：「貢品的事，想必你已經知道了。」

周曷朱張大兩眼，道：「我，小帥我……我沒聽說過什麼貢品呀！」

縣令猛轉身，喝道：「老麻頭，你沒向他交代清楚？」

麻差役撲通跪倒在地，道：「這麼大的事，小差役我權輕位卑，怎敢向部大發號施令？」

縣令踢踢麻差役的大腿，讓他站起來，轉向周曷朱，說道：「本縣鄭重告訴你，今日是八月十三，明起至八月二十八，限你半個月內捉三十隻活雉，燒三十筐木炭，交由刺史進獻給皇宮。」

周曷朱反問道：「活雉三十？」

縣令道：「是，三十，必得是活的。」

周曷朱吃驚不小，兩腿一顫，軟軟地癱臥在地。

縣令驚叫道：「老麻頭，快看看他怎麼了？」

麻差役先輕輕推了推周曷朱，隨後將他扶坐起來。周曷朱呻吟兩聲，睜開眼看看縣令，道：「這這這……這不是要我的命嗎！」

一直靠在門外土牆垛上靜聽的耶奕于，似乎明白了縣令所派皇貢活雉裡面的一些不便明言的用心 —— 情知活雉難捉，偏讓胡人[24]居多之地的百姓去完成，無法完成就提拿問罪。他憤憤地抬腳邁進屋裡去扶周曷朱，周曷朱腰背向前一彎，頭碰在耶奕于的腳背上，哭道：「爹，我們羯人的命賤呀！」

歲月早已洗白了耶奕于的鬍髮，他的一雙小眼睛看向縣令時，一眼瞟見兒媳王氏縮在隔板旁側，頭碰在托隔板的手背上哭泣，道：「你起來，總不能讓一家人都為你擔驚受怕吧？」

周曷朱略抬一下頭，也看到了隔板那邊王氏的情形，道：「爹，我，我起。」

縣令手指周曷朱，道：「此貢乃皇宮特旨命定，限期在即，你立刻聚集村人去捉。」

周曷朱恭謹施禮，道：「是，小帥領命。」

耶奕于是周曷朱的前任部大，在北原一帶說話做事還有一些餘威。麻差役隨縣令走後，見兒媳王氏朝周曷朱走去，耶奕于搖頭讓她停下來，自己過去把手往周曷朱的肩膀上一放，高

24　中國古代對北方邊地和西域民族的稱呼。

聲大氣叫道：「乞冀加²⁵，不要以為在縣令面前那樣應承，一家人就不為你擔驚受怕了！除非愣種才看不出那是一種強撐。如果你還是我耶奕于的兒子，就別膽小怕事，我家幾代人可沒有軟骨頭。」他的手向下移動撫摸著周曷朱的脊梁，語氣也緩和下來：「事是很難，可也不是絕對沒有可能。這樣吧，把木炭之事交給我，你馬上去叫來村人，把貢雉之事和大家說，計劃一下怎樣捉。」

周曷朱道：「不可，萬萬不可。孩兒知道以前爹為曹魏皇宮燒過木炭，可是如今爹已經沒有當年之勇了，怎麼可以勞頓爹呢？」

為著說服兒子，耶奕于抖動抖動四肢，道：「你爹我還沒有老到不中用的時候，爹能行。」

周曷朱引背前傾下拜，道：「那就仰仗爹了。」

耶奕于扶一把周曷朱，道：「家無常禮，起來，去召集人吧。」

周曷朱神情頹然，只是哀嘆。

※

連續幾任羯部大，周曷朱是生性最暴躁的一個。次日吃過旦食²⁶，把幾十號人派出去，分片圍捉。到第三天傍晚，僅捉得

25　父輩叫兒子的小名。

26　也叫朝食，指每天的第一頓飯，大約在早上七點至九點。

四隻。他當下暴跳如雷，讓人將分在南片的領頭人捆綁在村南打穀場邊的駝背老楮樹上，左手叉腰，右手執鞭指住那個領頭人，道：「你三天竟一無所獲，到底安的什麼心？」

見那人瞪了自己一眼，周曷朱手中的鞭子立刻照他肩背抽打了過去，那人單薄的上衣旋時撕開幾道口子，血紅的皮肉露了出來。

被打的領頭人一聲也不叫，只是擰起痛苦的眉頭，兩眼直視劃破夜色衝進人叢中來的一位少年。這少年衝到駝背老楮樹跟前，劈手奪去周曷朱手中的皮鞭，解開繩子將那人放了。

這少年，高鼻深目，黑髮掩耳，一襲單衣胸扣敞開，裸露著胸膛，他就是村人稱為孩子王的訇勒。

訇勒，又名背，羯族，是部大周曷朱與王氏的兒子，生於泰始十年[27]，年方十四，卻有幾分成人的氣質與風姿。數日前，訇勒的姐夫張越叫他去牧馬，老部大耶奕于往北山伐柴做炭，又叫訇勒到北山幫他。今晚那個領頭人被捆綁在樹上打的時候，雜在人中間的王氏，見丈夫聽不進村裡任何人的勸解，就暗使人騎馬奔至北山將訇勒叫回村來。

訇勒將周曷朱拉到自己和王氏身邊，道：「爺爺讓孩兒轉告爹爹您，如此罵人打人，會打得眾叛親離。」周曷朱無心靜聽，一直向南張望，見一人影越走越近，像寇覓。周曷朱也不

27　西元二七四年。

管訇勒還有沒有話要說，急抽身走了過去，手推那人共同隱在場沿半人多高的土塄下。

訇勒嘆一聲，對娘道：「待我去把爺爺叫來。」

王氏沒有作答，只朝場南邊土塄方向努了努嘴。得了這一暗示，訇勒拔腿飛身場沿，先聽到的是：「是何底細？」

答話的聲腔確是寇覓，他道：「原旨六十隻活雉、六十筐木炭，刺史以為限期短促，按下頭部屬之見將宮廷旨定貢數一分為二，命北原羯室與居於茲氏的匈奴左部篷落各承擔雉雞和木炭三十。」

周曷朱問道：「麻差役有沒有說為何偏偏把進獻這等貢品的差事，派給我們兩處來完成呢？」

塄下面的話一下子低得聽不見了，等了許久才又傳上來一點聲音，卻被駝背老楮樹下嘈嘈雜雜的聲浪攪混，訇勒前挪尺許，看見寇覓的頭擺動了一下，道：「什麼自己入朝服罪，也好讓村人安心收割秋莊稼，不要淨說喪氣話。」

寇覓撂下的這幾句話，嚇得訇勒差點哭出聲來，站起走向場沿，道：「這是皇貢，豈有服罪可以了事這等便宜？」

周曷朱挑眉上望，道：「小孩子胡說什麼，回去！」

訇勒道：「您服罪受死都不怕，還怕一個小孩子說話。孩兒知道您為活雉之事著急，為什麼不召來眾人商議呢？」

周曷朱極不耐煩，站起來順著剛才寇覓回來時的那條黑路

往遠處走，寇覓趕過去勸說他返回駝背老楮樹下，命人燒旺篝火。村人差不多都來了，圍在篝火邊亂哄哄地說了將近半個時辰，竟無一法可取。周曷朱失望地又獨自蹲在場沿，手抓頭皮嘆氣。訇勒這會時候站在篝火旁，眼看一個老者手捏柴棒畫在土場上的一串圓連著圓的圖案，不禁茅塞頓開，道：「網。」

老者與耶奕于同齡，年輕時在外地見過用網網山雞，說所織之網的每個網孔都是一個活扣，只要雄雞的頭或爪進入網孔裡，一般都跑不了，也死不了。旁邊的寇覓聽了一振，興奮地說「好」，就去拽周曷朱，道：「冀加兄，我看可以用這個捕捉之法，放手交給訇勒捉去。在催促村人繳納賦稅等幾件事情上，我看出他的統御能力不在你之下。」

周曷朱尚未站穩，猛聽有人說：「部大不做我們做，你領頭，我與劉膺召集一幫小兄弟幫你。這山捉五隻，那山網十隻，不過幾天工夫。」

耳聽這般口氣，周曷朱心裡有些感動：這冀保想出這份力了？長期以來，冀保直率任性，火爆張揚，時常不分場合，不看形勢，說急話，人稱火爆子。周曷朱扭頭朝向眾人那邊，只見冀保高張兩手這邊一搖，那邊一指，面對訇勒說著什麼。

寇覓望見人叢中冀保搖動的兩隻手，轉身向周曷朱靠近一步，道：「冀加兄聽見這口氣了吧，如何？」

周曷朱臉紅之下，突然哈哈大笑，道：「以前為兄總以為你

的見識不如我，不想聽你的，今日我就聽你一回。」

※

　　訇勒領人捉雉第十天的晡時，眼見得駝背老楮樹東面山尖最後一點落日餘暉快要消失了，三十筐木炭陸續抬進村來，排放在打穀場上。周曷朱一個一個驗看過每一筐裡的木炭成色，一面連連誇說「好炭好炭」，一面扶耶奕于回屋歇息。耶奕于問雉雞捉了多少，一句話問得周曷朱低下了頭。耶奕于看看他，嚷道：「背哪裡去了？是何不讓他去幫你。」耶奕于悠長地嘆息著，顯得很生氣的樣子，道：「你你，你總是不相信他。」

　　王氏端來豆喈[28]菜糊，說道：「他領人捉雉去了。眼看限期就到，也不知捉得怎樣了，冀加都快急死了。爹，您湊熱用。」

　　周曷朱在地上走動，過不久就抬腳出門，一個人倔倔地走到打穀場，站在場沿騁目張望，暗道：「唉！背兒，你不願爹被斬，可照此看，你還是救不了爹呀！」

　　由於鋪灑在山尖的那點餘暉反射，打穀場並不像平素晡後那樣晦暗。周曷朱安排的準備通宵看炭的兩個漢子，拖一張破席片來到場邊，鋪席坐下，對周曷朱說道：「憑訇勒之性，捉不夠是不會回來的。這天快黑下來了，恐怕……」

28　搗碎的豆子，煮飯用。

周曷朱扭頭看了兩人一眼，又向路那廂望去。

兩人朝他招一下手，道：「部大，過來坐。」見周曷朱還是憨憨地站在那裡，兩人也有些焦急地把目光一轉，盯住路上的一個人影，道：「部大，那不是訇勒嗎？」他們立刻站起來大叫：「訇勒，部大在這等你了！」

光著上身走在人群最前面的訇勒，老遠就邊揮動在手裡的上衣邊叫：「夠了，爹，捉夠了。」

訇勒一聲接著一聲地叫著跑進打穀場，一下子撲進周曷朱懷裡。周曷朱緊緊地抱住兒子，父子兩人的熱淚奪眶而出。看炭的那兩個漢子也撲過來與周曷朱父子擁抱在一起，抱了好一下子，周曷朱才鬆開手看看訇勒，說道：「太為難你了。」

訇勒擺手道：「不為難，不為難。雉雞的習性，秋冬還不分坡，多為群居，有時候張布排網，一次可網兩三隻，數十號人分頭自行張網捕捉，捉夠數額就回來了。」

周曷朱點頭折服而笑，道：「是你救了爹，爹當用本族禮節謝你。」

訇勒眼淚湧流，道：「你說什麼呀爹，恐怕翻遍本族的族規家規，也找不出這般理呀爹。」

說話間，抬雉雞的眾人進了打穀場，放下裝雉雞的簍了都跑了來，與周曷朱、訇勒圍成一個大圓圈，圍著中間點燃的篝

火，悠然地跳起了篝火舞。

　　訇勒的兩個朋友劉膺、冀保，扶了耶奕于碎步走來，也隨了眾人跳了起來……

　　※

　　通往武鄉縣城 —— 社城的驛道上，一長排抬著筐和簍的人，急匆匆向前趕路。這一行人，正是北原山下羯室部大周曷朱監送貢品的人眾。

　　周曷朱騎一匹棕色馬，跑前跑後督促眾人「跟上，跟上」。抬木炭的人，走得比較快；抬雉雞的，兩人抬一隻大簍，每簍十隻，抬起來並不沉重，卻因簍身龐大，抬在後頭的人不是看不見路，就是磕碰腳腕，扭扭歪歪走不快。

　　走到接近社城南門外的地方，周曷朱抬手搭在眼眉遮擋陽光，努力向前張望，望見門前站著一片人。站這麼多人做什麼？他自問自地揚起鞭子招呼一下身後，道：「跟緊。」

　　及至走近，周曷朱一勒轡彎掀身下馬，拱手揖禮，道：「麻差役，你？」

　　麻差役還禮道：「正準備去羯室看看你將貢品準備齊了沒有，你倒來了。」伸一隻手朝向站立的眾人，對周曷朱說：「這都是來驗貢的：這是朝使，這是州使，後面的縣令和兩個隨從你都認識。」

　　周曷朱看一眼騎在馬上的一排官兵，小心俯身向朝使、州

使行了禮，又略一轉要和縣令行禮，縣令出手止住他，說道：「且免禮，先說貢，送來了？」

周曷朱邊點頭邊朝身後吆喝他的人把雉、炭都抬到前面，指點著說左面的是三十筐木炭，右面的是三十隻雉雞。宮廷使臣因為在茲氏驗貢見那裡的雉雞多是死的，已是滿腹怒氣，現在見周曷朱回話時，只是看那麻差役，懷疑這裡面搞什麼鬼，下馬去掀裝雉雞的簍蓋。周曷朱急伸手阻止說不敢掀，怕飛了。

騎在馬上的一個絳衣兵弁策馬過來，一鞭子抽向周曷朱，呵斥道：「誰敢攔擋東宮奉車都尉查驗！」

周曷朱心想，宮廷的人是何這般不講道理，便身子前撲要去按簍蓋，手還沒有伸到簍跟前，兩隻雄雉從被掀開的簍口衝出，翩翩飛走，驚得一匹黑馬沒命地狂奔離去。方才打人的那個兵弁惡聲惡氣地罵道：「你這個不知趣的老羯胡，把都尉的馬都驚跑了，看我不打死你！」

眼看落下的鞭子抽到周曷朱的皮肉了，卻被瞬間閃出的一個人影躍身接住鞭梢，把那個兵卒扯下馬來。那個兵卒好半晌都不知道自己是如何從馬背上跌下來的，只覺得一股旋風凌空而降，自己早已離開了馬鞍。現下定神一看，見一個少年羯童騎上他的黃驃馬，坐於鞍彎，兩腿一夾，直朝那黑馬追去。不消片刻，追到與黑馬頭尾並行之時，提身立於馬背，一手扯住韁繩前傾一縱，恰好扶一把馬鞍坐到黑馬背上，又猛勒韁繩，

黑馬的頭臉朝下一彎，立時停下。只見他緩緩掉過頭來，坐下騎一匹，手裡牽一匹，回到眾人面前，把兩匹馬韁並到一隻手裡，撂給了那個兵弁，張開雙臂朝向周曷朱和村人。眾人忙走過來，問道：「背，你怎麼來了？」

因連日勞頓，智勒一覺睡到日升東天。老部大耶奕于道：「你爹說奉送貢品沒有你的事，叫你安安穩穩地睡到天黑。」

智勒卻道：「以前幾次去社城都沒有進城裡面看過，這回隨爹送貢品進去看看就回來。」說罷，掂了一條山豬乾，到劉膺、冀保家門口把他們叫上，就順著河側小路往前趕。他比劉膺、冀保先到一步，恰逢那個兵弁凶狠地要打周曷朱。

智勒轉頭回望身後，只見劉膺掂了一隻帶箭的死雉雞朝高空一拋一拋地晃著。智勒當下發怒，問道：「這可是給皇宮的貢雉，是誰這麼大膽把牠射死了？」

冀保努嘴道：「是那個。」

一個把弓箭撂給他人的兵弁直往人群後面躲閃。

智勒又問道：「那一隻呢？」

幾個抬雉雞簍的村人，道：「飛往南面去了。」

南門之外一片空闊，西面與漳水北源的河灘相連。這只雉雞已被驚嚇得暈頭轉向，橫衝直撞。智勒望見另一個絳衣兵弁又執箭要射，縱步上前劈出一個手勢，斷喝道：「這雉雞，不是你可以射的。你當知道，吾等好不容易捉得三十一隻，僅有

一隻長餘。如今，你的人已經射死了一隻，若是這一隻再死到你手裡，部大拿什麼敬奉皇宮？」

這兵弁見胥勒兩眼英氣逼人，心裡登時一凜，把箭收回。那雄雞卻一下子飛起，一下子落地，低下頭伸長脖頸猛跑，幾十號人捉不住。胥勒伸一隻手喊道：「哪位兄長能把弓箭借我一用？」

喊聲一落，一張弓箭從人頭頂上飛過來。胥勒接住搭箭要射，周曷朱猛舉雙手用力揮動，道：「背，你不可，不可射。」

胥勒眼看那片草叢，道：「不用怕，我只射牠的一隻翅膀。」他穩定一下心緒，叫冀保去把那隻雄雞趕出來。那隻雄雞剛剛起飛，一支箭嗖的一聲脫弦，應聲墜地。箭果然射在右翅邊緣，圍觀的人又是一陣驚奇。

胥勒手捧弓箭歸還原主，發現竟是兩位路人。他們騎的馬上，馱了山雞、兔、狐之類的獵物。胥勒施禮，道：「多謝，多謝。賤童敢問二位尊姓大名？」

兩位路人對胥勒身手十分敬慕，已從抬木炭的人那裡得知他是周曷朱的兒子。前幾個月從北原山下來，在周曷朱屋裡做客之時說起過他。今日從騎射功夫看，此童確非凡夫俗子，倒想結識這個小小年紀的朋友。年紀稍長、一臉憨厚之相的人說自己叫郭敬，鄔[29]人，指向年紀略輕一點的人說，他是北山亭長

29　在今山西介休東北三十里鄔城店村。

寧天壽的兒子，叫寧軀，陽曲[30]人，他們是表兄弟。這次他來看望姑母，兩人相隨到北原山遊獵，順便打聽皮貨行情。此刻返回路過這裡，恰是訇勒躍身接鞭解救周曷朱免受鞭子抽打的那一刹那，心中讚嘆「真乃好身手」，停下來觀看，這便有緣結識訇勒。

　　彼此當下熟悉起來。訇勒年紀雖小，但郭敬力主以平輩論交，互稱兄弟。趁周曷朱還在奉交貢品，三人共同邁進南門，到石壘與版築土牆的縣署廨庭和篳門圭竇的石屋民舍，以及石塊鋪砌的窄街小巷走了走，最後一道返回石砌城牆上，訇勒向下略看一眼，道：「我爹說社城挺大，看來也只平常。」

　　郭敬憨笑著，說道：「嘎，小兄弟口氣不小麼，若想出去見見大世面，我與寧兄弟帶你去京師洛陽皇帝住的地方一觀如何？」

　　天生膽大、樂於出去闖蕩的訇勒喜出望外，笑著彎腰前拱揖禮，道：「真的？」

　　寧軀撥一下背上斜挎的箭壺下腰扶起他，道：「帶你走一趟洛陽，如同來一回北原山那樣容易，行什麼禮！」

　　說話間，已是回到南門外驛道上。郭、寧的隨從牽馬恭候在那裡，他們施禮告辭上馬走了數步，郭敬駐馬轉身朝向訇

30　在今山西太原陽曲鎮。

勒，道：「覜勒小弟，你不要忘了，明年孟夏四月朔日 [31] 還在這
南門口，我來帶你。」

　　覜勒施禮回道：「小弟記住了。」

31　農曆每月初一。

第一回　接懿旨並刺史晏使 完炭雉羯部大進貢

第二回

行販洛陽長嘯上東門 侍郎見駕請兵捉羯童

第二回　行販洛陽長嘯上東門 侍郎見駕請兵捉羯童

壺漏[01]滴下的日子來到第二年四月初一。

是日一早，火爆子冀保把訇勒送到社城南門所約之地。訇勒著一身尋常羯人服飾，只是為了徒步便捷，在兩條腿上綁了羊皮裹腿，形同坡獵人裝束。正坐在路邊緊裹腿，郭敬、寧軀騎馬來到，訇勒站起施禮說話之間，拉獸皮山貨的六輛馬車也到了。郭敬下馬向護持車輛貨物的屬下和車夫使了個眼色，讓他們把訇勒帶的東西往車上放，道：「這麼多，我不是讓你什麼都不要帶嗎？」

訇勒賠笑道：「我爺爺說當年送貢品給曹魏宮廷，走過太行山，走半天的路程都不見人煙。他還說，如今雖不像從前那樣必得贏糧[02]以從之，然也要帶些吃食，以防路途挨餓，硬把我娘預備下的乾糧都帶來了。」

郭敬道：「那是過去，現今是什麼世道 —— 當朝平吳之後，兵戈寧息，天下一統，九州晏如，朝廷下旨繕理亭驛[03]。吾等雖說持有可以住宿亭裡的傳[04]，但並不到亭裡去住宿進食。」他拍拍車上可供自炊的糧與鍋灶，又道：「看見了吧，有了這些，隨時可以做膳食用，不需要去求告那些亭吏和驛丞。」

01　古代計時器的一種。

02　贏，在這裡指的是背或擔，即背負之意。贏糧，是說行旅之人自擔口糧。

03　即亭和驛站，均為供過往官吏、行人食宿的處所。而驛站又擔負著傳遞公文人員中途喘息換馬的職事。晉朝時，從京師洛陽到各州驛道二十里，一說十里一亭，亭的負責人叫亭吏；四十里，一說二十里一驛，驛的負責人叫驛丞。類同後來的館舍，有史學家考證，旅館之稱最早見於唐朝。

04　古代過關、津的符信。

寧軀道：「都放到車上吧，既然帶來了，還能送回去？」

郭敬腳步前移站到寧軀面前，低聲咕嚕說了一陣子話。他們有共同的心願，認為智勒小小年紀弓馬練得那般嫻熟，前程不可估量，想借這次行販洛陽，有意讓他在外面的世間闖蕩闖蕩，會更有助於他的成長。郭敬於是身子一轉，吩咐一個屬下牽一匹棗紅馬過來，對智勒說道：「讓牠做你的腳力如何？」

智勒打量著這匹馬的腰背蹄腿，又用力按了按背脊，道：「此馬馱力有餘，奔力不足，但也可稱之為良駒。」

憨憨笑著的郭敬邊說你小弟也懂馬，邊遞給智勒一把短劍。智勒隨手別到腰帶上，喜得郭敬哈哈大笑，讚道：「好一個羯衣佩劍的英雄少年。」

隨之拉寧軀過來也看了一下，道：「牽馬的姓李，個頭那麼高，你就叫他高個李吧。你跟他在前面觀風察異，遇有強人，彼不動，我不動；彼若動，我護車自衛，不可輕易與之打鬥，不能輕易傷人。」

站在側面的寧軀打斷郭敬的話，道：「這叫與人為善，和氣生財。吾等是行販商賈，不是逞強行霸的好漢。」

郭敬點頭，道：「寧兄弟說的是，對那些偶爾出沒的蟊賊，只要不搶劫貨物，可以不加計較，出了太行山就沒事了。上馬，向南順著襄垣松門嶺[05]驛道走。」

05　襄垣指襄垣城，趙襄子築，因以為名。西漢置襄垣縣，在今山西襄垣東北東故縣村。松門嶺在縣北一百三十里，路通太原驛道。

第二回　行販洛陽長嘯上東門 侍郎見駕請兵捉羯童

　　智勒答應一聲，向高個李施一禮，飛身上了馬，連夜朝洛陽趕去。

　　一出了羯室家門，智勒就有一種走近京師洛陽的衝動和狂放。或許由於十餘年的古道荒山、僻谷老林生活，帶給智勒過多的鬱悶壓抑之故，所以剛出得太行山，步入廣袤無際的千里平原，耳聞河水 06 濤聲，眼望頗具古樸的村落和城堡，以及歷史煙塵下的數遭兵燹動亂殘留下來的見證著國朝之前的幾度輝煌、幾度衰落的那些故國都邑的墟址、陶片、瓦礫，他的心裡便產生出許許多多的追思和遙想。他按捺不住一腔喜悅之情，又是蹦跳，又是號叫，還猛拉韁繩強使棗紅馬慢下來，與大眼翹眉的高個李並轡而行，道：「到了洛陽，我想登上城牆看皇宮，去東門看馬市，不知道有沒有機會？」

　　高個李道：「那要等到售完這六車貨。哦，主人趕上來了。」

　　已經跟到兩人馬後的郭敬和寧軀，早聽見了智勒的話，為他有這般雄心而高興，讓高個李陪他去。高個李在馬上把鞭子往腋窩下一夾，半轉身施禮應了一聲：「是。」

　　走到洛陽近郊，載貨車輛夾在川流不息的人流中。從東天升起的太陽看，時間將近這天的旦食。

　　四月的微風，吹散了低空薄薄煙霧狀的晨氣。矗立在中原

06　唐宋之前，黃河的專稱、正稱。

大地的洛陽城牆，打樹芽間露出它的絳色外披，訇勒望見就大叫一聲「洛陽我來了」，順了柳槐樹掩映的通道策馬向城門奔去。

這下郭敬慌了，擔心這個血性少年惹出什麼事來，叫了一聲高個李，高個李俯首靜候他有什麼吩咐，郭敬卻馬上又說還是叫寧兄弟去吧。郭敬轉身向寧軀一揮手，道：「你疾速追上訇勒，與他同往北門陽渠[07]橋跟前等候。」

寧軀點頭應了一聲，打馬三鞭趕了去。

洛陽，地處中原平原之地，通過周邊山間谷地開通的驛道，即可與古稱的晉、趙、魏[08]連接，又可與南面、東南面的江淮諸地溝通，還可西去直達關中，有古人所稱「天下之中」的地理優勢。就因為看中洛陽據可守、進可攻，是掌控四封之要，東漢建國定都於此近二百年。曹魏代漢的魏國，以及魏咸熙二年[09]晉王司馬炎逼魏帝「禪讓」建立晉朝，均以洛陽為都。經曹操父子和司馬氏父子的營建經營，洛陽城東西寬七里，南北長九里，城內宮殿華麗，經濟繁榮。城牆外為護城河陽渠，城四周開十二道城門，每道城門外面都築有橋梁橫跨陽渠水上，各城門通向城外的道路，寬闊整潔，往來商賈不絕。自晉太康末年起，郭敬時常行販洛陽，知道北城門裡外的街巷肆鋪

---

07 又名千金渠，傳說周公所鑿，在今河南洛陽東北白馬寺東。

08 晉領有今山西大部、河北西南部、河南北部及陝西一角，趙、魏大體領有今河北大部、山東西部一帶。

09 西元二六五年。

第二回　行販洛陽長嘯上東門 侍郎見駕請兵捉羯童

是河水之北的并州、趙魏諸地所來山貨獸皮的最佳集散地。他引領眾人直接來到北城廣莫門，按寧軀、訇勒選下的空地，支起帳篷，把運來的獸皮、蠶絲、革履、麻皮，整批整批和當地幾家商販大戶交換，唯留下一車木屐，用破席片苫蓋，沒有外露。

暫隱木屐不露，是寧軀的主意。

從家起程時，寧軀的父親寧天壽說時下木屐大行，京師那邊官宦士人足躍木屐，飄逸於朝野，連夫人、小姐都木屐橐橐，帶一車木屐可不愁出手。寧軀那時並不信，因為他敏而好學，曾就讀於晉陽，聽說過曹魏士人的虛無不實之風，到了晉朝司馬氏執政二十來年，不可能讓曹魏之時流行的玄談風氣延續至今。但來到洛陽北門兩三天光景，他發現一些官員依然行為舉止風流佻巧，不著正道。就在寧軀說且不要交換木屐、待看看行情再酌的時候，幾個侍衛護持一輛牛拉木輪衣車[10]打從身邊走過。車上官員穿著木屐的兩隻腳露在衣幕外面，寧軀拉一下郭敬，朝那官員的木屐努了努嘴，道：「看。」

郭敬斜瞄了一眼，只是掩嘴憨笑。

笑聲還沒落，就看見後面過來的又是一輛牛拉木輪衣車，慢悠悠地晃蕩在土路上，車上坐的那人同樣腳穿木屐。

寧軀微搖下頦，道：「高屐尤輕慢。人說當今時尚輕佻，人物高曠，還真言中了。」

10　即牛車，魏晉官吏士人常坐穩重的牛車出行，顯示魏晉風度，享受節奏緩慢閒適的生活樂趣。

望見訇勒直瞪著兩眼看自己，寧軀馬上想到帶他來，是讓他歷練生存本領的，還就得讓他見識和懂得外界更多的世事和事理，所以他叫了一聲訇勒，說道：「穿木屐者，過去多是貧寒之人。今日在這北門外面看見竟有些木屐官員、木屐士人，可見穿木屐也成了現時官員和士人的一種時尚。過一個時期，如果國人的愛好發生變化了，有可能為另一種風氣代替，那時你是隨了那種風氣之變而變，還是逆勢而行呢？」

　　訇勒道：「我會按我的想法做。嗯，這人也來了這裡，他何時變成軍旅頭目了？」

　　寧軀轉眼前看，道：「哪個？」

　　訇勒出手暗指一下，道：「絳衣佩劍，走在前頭的那個胖腮頰的人，是在太行山搶奪百姓木屐，被高個李和我詐唬跑了的蠹賊。」

　　訇勒轉身朝高個李招了一下手，道：「喂，李兄長，過來，防他又像在太行山那樣。」

　　高個李正往過走，那個胖腮頰的人已經站到木屐車前，也不搭話，一手握劍柄，一手指使身後的七八個兵卒，唰啦一聲掀掉車上的破席片，瞪起兩隻凶狠的眼睛看了看，道：「我在河水那邊就盯上這一車木屐了，不要以為拐到這廣莫門外我就找不見了，拉走！」

　　眼看車輪向前滾動了，高個李、訇勒幾個人大步走向車前一站，那些兵卒全停下來。

第二回　行販洛陽長嘯上東門 侍郎見駕請兵捉羯童

那個胖腮頰的人尖聲怪叫道：「閃開！閃開！」

吼叫出這兩聲後，伸手就要推開高個李，高個李像根栽在地裡的木樁，直挺挺豎在那裡不動，氣得那個胖腮頰的人直踩腳，邊叫他的兵卒「把這個高個拿下」，邊抽出腰間佩劍朝高個李腹部刺去。卻見斜刺裡一腳唰地飛出，那劍偏向左側。許是訇勒這一腳來得俐落，那個胖腮頰的人氣焰略有收斂，可他仍不肯罷手，轉過劍又要刺出，郭敬斜飄一跨，站到他的面前，看似正眼打量這個人，其實是在注意那些兵卒七嘴八舌說什麼話，從中得知此人是晉武帝司馬炎泰始八年[11]，為加強東城防衛兵力，特詔為東陽門內的將軍府增設的後軍中的一名小校，於是忍氣傾身揖禮，道：「這位將官，我是木屐的貨主，讓我說幾句再拉走如何？」

小校道：「我可不是將官，不可這般稱呼，有什麼話要說，盡可說來。」

郭敬還在施禮，訇勒搶上一步站到郭敬身前，道：「大兄長你稍停，允我先問他幾句。」郭敬見他並不是要動拳腳，點頭應允了他的請求。訇勒轉向小校施一禮，道：「你既是皇宮宿衛的官員，定會知道上年仲秋八月，張給事張泓傳旨命并州進貢六十隻活雉的事吧？」

小校低眉斜眼不知看什麼，半晌點了一下頭，道：「知道。」

11　西元二七二年。

44

智勒語氣一轉，道：「既然知道，你還有膽量取走這一車木屐！」

小校歪頭重新端詳智勒，大概在想這小小少年不會又在拿大話唬自己吧，問道：「此話怎講？」

智勒道：「去驗貢品的使者，帶了貢品回宮覆命，臨走丟下一句有關木屐的話。是張給事要木屐，還是他要木屐，他沒有明言，吾等山野村夫草民也沒好意思問。這回行販來京師，順腳帶了一車木屐，別的貨都交換出去了，獨把它放在這裡，便是想等等看那使者來不來取木屐。萬一真的是張給事授意，讓你把木屐拿走了，到時候貨主如何應付？謊稱沒有帶來吧，吾等吃罪不起；如實說是你取走了，不成了我幾個活活把你的前程斷送了！」

一番唬裡夾威、威裡帶勸的話，直說得那小校後怕起來，他朝後倒退一步，傻在那裡。兵卒們也嚇了一跳，湊過來叫了小校一聲，他眼珠轉動了一下，把劍別回腰間，草草還一禮，轉身朝那些兵卒揮揮手，道：「吾等走。」

小校這邊走，那邊智勒與郭敬、寧軀相互嘀咕了幾句，又把小校叫回來。郭敬彎腰前拱一俯，說道：「我的幾個屬下過了過數，把餘頭贈你幾雙吧。」一邊說，一邊塞到小校手裡兩雙木屐，其餘兵卒每人一雙。小校嘴上說這如何使得，雙手卻早把木屐接了，兩眼直望郭敬。郭敬微微一笑，道：「不就幾雙

木屐嘛，有什麼可客氣的。再說，就是張給事那邊來取，這數也夠了，也不會有事。」看見小校的目光微瞟寧軀、智勒，郭敬又說：「這都是我的屬從，你盡可放心。」

小校把木屐遞給他的兵卒，施禮道：「適才多有得罪，你們反不忌恨，還相贈木屐，這可真叫受之有愧呀！你幾個若在此遇有難事，可到後軍來找我。」

郭敬把手拱起，道：「你走好，你走好。」

※

整批木屐出手的第二天早晨，郭敬和寧軀商議，貨交換完了，也該讓智勒和幾個沒有來過洛陽的人，到城裡面去逛一下街市了。智勒得了這話，拽了高個李朝城裡面走去。

這些天，智勒一有空閒就沿陽渠東出或西走，轉了東面的廣莫門和西面的大夏門，每座城門都高聳巍峨，門頂上的箭樓四面斗拱挑角，風鈴叮噹；城牆上堞垛等距排列，遍插旌旗；宿衛兵卒擐甲執兵，挺然而立，都使智勒感到新奇。使他不能釋懷的是，游走廣莫門之時得知，這道門裡面不遠是芳林園，芳林園往南便是皇宮。在家的時候，常聽村人說皇帝是站在皇宮殿堂大院的高臺之上看天下的。這使他生出許多奇想，曾幾度試圖騙過宿衛守兵登上城牆，望一眼那高臺究竟有多高，又是何等的神威，能使一個皇帝深居皇宮以令天下，但都被宿衛守兵喝退回來。智勒並不死心，此刻與高個李手牽馬匹進得廣

莫門裡面，一直朝通向城牆的階梯走去。高個李把他勸止了，轉身漫步於街頭，走到皇城大門轉悠了一陣，無論怎樣看、怎麼想，都難以避開宿衛守兵的視線進入裡面，只好直接來到了東城，順著上東門而出。回看這道城門，除了宿衛守兵比較多之外，其建造規制等，與已經看過的那些城門並無什麼區別。

可巧這時，一個熟稔的聲音傳入耳內。頡勒尋聲望去，看見那個小校邊與人說話邊朝城門走去，便縱步上前向他施禮，說自己想去城牆上俯瞰裡裡外外的景致，請他指點如何上去。

小校兩眼盯住他，好像在說這是容易上去的嗎？不過，小校還是放眼搜尋半晌，伸手召來一個小兵，吩咐他帶頡勒到城牆上面去看看。

小兵剛領了頡勒朝上城牆的階梯走，一個手執令旗的兵卒慌慌張張跑過來，向小校參禮，道：「將軍府後軍尉有令，傳你迅疾去見他。」

小校二話沒說，朝頡勒一拱手掉頭走了。

目送小校走遠，頡勒把馬韁遞給高個李，道：「等我。」

高個李把兩匹馬韁往一起挽的工夫，頡勒已經拾級而上了。高個李從馬背上取了些炒豆，跑過去扔給頡勒，道：「帶上，防備走遠了餓肚子。」

頡勒頷首嗯了一聲，一股興致往上走，身後突然傳來一聲斷喝：「下來！」

　　芶勒扭頭下視，見領他的那個小兵早返身下去，畏怯地跪在一個冠幘絳衣的官員面前。芶勒遲疑地還在審視那位官員的冠帶與小校有無差別，他又不識官階等級，說不清是不是小校的上司，故意問道：「你說我？」

　　冠幘絳衣的官員道：「不是你，還有哪個？」

　　芶勒舉目上看一眼，道：「我可是有人允許上來的呀！」

　　冠幘絳衣的官員道：「下來，下來。沒有我的允許，誰說了都不算。」他一轉臉喝令他帶的兵卒，道：「把他拖下來。」

　　等在下面的高個李，想想臨進城前郭敬的囑咐「洛陽是天闕之地，凡禁地不可沖犯」，不住地對芶勒做手勢，示意他下來。芶勒無奈地返回，腳一落地，就朝城門中間的甬道走，他要返回城裡面，另窺機會往皇宮裡面去。不料把守城門的兵卒又把他擋住，道：「你是頭一回來京師吧，不懂得每座城門有三條甬道的走法？」

　　他記不得在北門走的是哪條甬道進來城裡的，於是他眼望雄偉壯觀、雕梁畫棟的城門，問攔他的兵卒怎麼個走法。

　　那兵卒向芶勒走近一步，告訴他只要不壞了左出右入的規矩，可以隨便走，只有中間是御道，專供聖上走的，他不能走。

　　芶勒笑道：「你何以知道我不是聖上，就算眼下不是，也可以先走一遭嘛。」

　　又過來兩個兵卒，一邊一個伸出長槍交叉在芶勒胸前，高個李

忙過來，對訇勒說道：「一般人是不能走中間道的，休要強辯。」

訇勒不想就此甘休，憤然瞥一眼交叉的槍尖，裝著向後倒退的樣子，兩手抬抬運運氣，霍地朝前猛衝過去，一手一個把架槍的兵卒打倒闖將進去。兩邊的兵卒蜂擁而至，把他死死擋住。訇勒咽一口唾沫壓壓內心的氣躁，放下兩手緩緩回倒著腳步，那些擋他的兵卒也退向兩邊。中間的御道閃出來，一眼望見一位官員騎在銀蹄馬上過來，走近了看清是王侍郎[12]。訇勒假意伸手向外面一指就往裡跑，那些兵卒東一攔，西一擋，仗著人多勢眾，還是把訇勒擋住了。訇勒鄙視地看了那些兵卒一眼，稍移腳步挪到支撐大門的橙黃大柱跟前，望了望柱身，一墊步爬了上去，憑仗兩腿的夾力，腹部緊緊貼在柱子上，舉起雙手高亢放肆地長嘯。

七八個手執兵刃的兵卒抬頭仰望，看著爬在橙黃大柱上的訇勒，急得乾瞪眼，用手向上指著，道：「是他，是他。」

那些兵卒叫嚷著讓訇勒下來，訇勒順柱溜下地，湊勢蹲下去只是笑。一個兵卒揪住訇勒膀尖的衣裳，道：「又是你。這裡是天闕之地，也有你亂喊亂叫的分？去！」

訇勒笑著，伸手摩挲一下膀尖，道：「我還沒有走中間道，怎麼能走開？」

另一個兵卒不屑地看他一眼，隨之嘿嘿笑道：「呵，你口氣

12　四品職衛。

第二回　行販洛陽長嘯上東門 侍郎見駕請兵捉羯童

還真不小，想犯天威呀？待我將你拿了。」轉身向站在門旁的兵卒要繩索的時候，那兵卒卻和他指了一下裡面，道：「快看王侍郎在喊什麼？」

圍在勒勒身邊的那些兵卒，聽見一聲「王侍郎」，全都擺動身形望了望，就低下頭往一旁閃避。

王侍郎，名王衍，字夷甫，是琅琊臨沂王氏大族子弟，時年三十二歲，官授黃門侍郎。此人生得一表人才，時任晉朝尚書「竹林七賢」[13] 之一的山濤第一次見到王衍時，道：「生兒不當如王夷甫邪？」左僕射[14]羊祜說道：「亂天下者，必然是他。」

魏晉玄談之風盛行，許多士人沉迷玄學。其時，而立之年的王衍常常頭戴金絢冠、手持玉柄塵尾扇躋身玄理論辯之列，是晉初士族門閥上流官宦中一個清談闊論、奢言虛狂的顯赫人物。他還自我標榜高雅，口不稱錢。有一天夜間，他的妻子郭氏讓僕人把錢放到他的臥榻旁，王衍次日早晨起來大動肝火，斷喝僕人將這些東西拿去。但王衍沉迷於老莊，不重操守，被時人貶為「塵談」。當勒勒看銀蹄馬上的王衍時，王衍也在注視著上東門的門洞，見一個人正站在門洞中間的御道上，甚為驚異：「他怎麼敢站在那裡！」

王衍極為生氣，直朝著東門而來。

13　魏末晉初的七位名士，即嵇康、阮籍、山濤、王戎、向秀、劉伶、阮咸，他們因不滿暴政，結伴活動在當時的山陽縣，即今河南修武至輝縣西南一帶，做「竹林之遊」，寄情山水，談玄彈琴，縱酒嘯歌，世稱「竹林七賢」。

14　四品，文職，助尚書令掌管祕記奏章、奏報正事、出納皇命、宣告皇帝詔示等

匐勒晴空霹靂般的長嘯，他聞之大驚，不覺一鞭抽向馬的後胯，馬頭一擺，奮蹄前奔。漸次奔至門前，看清方才站在御道正中的那人，此時左肩倚靠在大柱上，雙臂交叉放在胸前，左腿彎起把腳鉤在右腳跟上，揚揚得意站定了不動，只是他的臉卻一直朝向王衍的方向。王衍覺察到匐勒已經注意到了自己，便把寬袂往前一甩，大喊道：「捉住他！」

　　早已躬身候在原地的那些兵卒，一時沒反應過來，愣在原地。王衍一勒轡繩，駐馬門洞旁邊，大聲喝道：「愣什麼，還不快去捉他！」

　　那些兵卒見王衍的侍從朝匐勒走去，這才執槍揮刀圍上去。

　　此時的匐勒倒也不慌，他倒是要見識一下騎在馬上的這位王侍郎，而此刻發慌的卻是高個李。王衍的那聲「捉住他」，嚇了高個李一大跳，雙腿發軟顫抖。這是關乎匐勒坐罪的事，即便搭上自己這條賤命也得去救他。於是他壯起膽子擋在匐勒身前，彎腰前拱揖禮，道：「是吾等的馬跑了。京師這般大，又是頭一回來，不識街衢甬道路徑，擔心牠跑遠了追不回來，著急得大喊了那一聲，不想驚動了侍郎公，我替他向您賠罪了。」高個李左臂外肘搗一下匐勒，道：「快去追你的馬……馬跑……回……」

　　匐勒明白高個李暗示他騎馬逃走的用意，但他很想撲上去抓住王衍一較高低，又恐落個脅迫朝廷命官之名，惹出大禍害

第二回　行販洛陽長嘯上東門 侍郎見駕請兵捉羯童

到郭敬、寧軀。待高個李又喊一聲「馬跑」時，訇勒用手向王衍背後猛一指，喊道：「那不是我的馬！」

說完，訇勒快速轉身朝相反的東面奔跑。王衍下令追拿，高個李憑一身氣力，手腳並用，與那些要去追拿訇勒的官兵廝打在一起。

訇勒扭頭回看，想要返回去救高個李，卻望見一股煙塵尾隨而來，是不是王侍郎把巡城的馬隊調來了？訇勒猜想追來的是快騎，當下聯想到自己也得有一匹馬才好跑掉。聽郭敬說過東門有馬市，訇勒往斜側一瞟，望見馬市就在不遠處。他剛拐進馬市，三騎追兵也到了。訇勒的目光在馬中間迅速遊動，視線裡閃現出在家鄉與劉膺、冀保追逐戲耍，他們以奔騰的群馬堵他追趕的場景，便用力打了一個呼哨。一些馬騷動起來，三騎追兵被馬群卷在中間出不來，他卻從幾匹馬的後面鑽出來，躍上一個追兵的馬背，將此人掀到地上，奪了馬匹，竄出馬市。

在東門前的王衍，等到將近午時，追拿訇勒的人才空手而歸，還失了一匹馬。王衍大發雷霆，將那個被奪走馬匹的兵卒責罰三十軍棍。

※

晉朝自太康年間以來，晉武帝司馬炎見寰瀛少事，百姓安逸，就朝夕在後宮淫樂遊宴，不復留心萬機。儘管他知道那年

授楊駿為丞相，時任太尉[15]的何曾、中書令褚碧說楊駿只能算中等資質，沒有經國遠圖，不堪任社稷之重，可他還是把一應政事委託給楊駿，這更加劇了一些僚佐與楊駿的政見分歧，窘得楊駿每逢難決之事，便入宮拜請皇后楊芷出面力勸司馬炎臨朝親裁。今日楊駿又請司馬炎上朝太極殿，待與幾位公卿輔臣議事完畢，司馬炎手指向戴著籠冠伺候在旁的內侍[16]，使其傳諭退朝。守衛殿門的衛士這時進來，稟道：「王侍郎求見。」

正襟危坐的晉武帝司馬炎顏面肅然，眼望殿門抬手，道：「准他覲見。」

侍郎王衍一股盛氣，邁進殿門低頭彎腰一步一趨向前至殿心，屈膝跪地而行大禮，道：「臣王衍拜見陛下。」

司馬炎欠身看他，道：「就你事多。說吧，又有何事要奏？」

王衍道：「啟奏陛下，臣來奏請派兵捉拿一個羯童。」

一些大臣對這個華而不實的侍郎本就有點厭煩，這時候不召自來，請旨捉羯童，又不知他要耍弄出何等名堂，紛紛低聲問道：「王侍郎何以識得是個羯童？」

王衍道：「高鼻深目、多髯是羯人特徵。這羯童雖說還不到多髯之齡，可是他那高鼻深目顯而易見，還有他的穿著，頭戴突騎冠，身穿左衽窄袖衣、腰部褶鉤絡帶，都是豪野羯人衣著的慣飾，怎能錯認呢？」

15　一品，西晉時太尉與大司馬有時互稱，為最高軍政官員。

16　官名，侍奉皇帝、傳宣詔旨等。

第二回　行販洛陽長嘯上東門 侍郎見駕請兵捉羯童

司馬炎邊看頭戴梁冠籠冠、身穿大袖衫[17]的臣僚，微擺下頦哈哈大笑，道：「一個羯童有何了得，大可不必勞朕動用虎符[18]吧？」

恭立班列的侍中荀勖與中書令張華諸人，也暗笑王衍小題大做。王衍自是覺出荀勖、張華一干士大夫看不起他，可他不能因為這個而不把請兵事由據實奏上，又朝下一彎伏在地上，道：「陛下有所不知，那羯童不過十四五歲，在上東門倚門長嘯，實有蔑視我天闕威嚴之嫌。臣觀他形貌不凡，狂傲雄健，其志不小，恐年長後為天下之患，便命東城宿衛與臣的侍從捉拿，被他奪馬遁去。」

司馬炎當下板起面孔，道：「人說清談誤國，真不假。你王侍郎清談在行，做事無能，連一個小小年紀的羯童都捉不住，怎堪立於朝班。」

王衍兩頰赤顏，道：「是臣不才，可也不復是臣不才。」

司馬炎覺得有些莫名其妙，道：「什麼是你不才，不是你不才，讓朕聽了糊塗。」

丞相楊駿俯身施禮，道：「陛下，憑王侍郎的精明，焉能捉不住一個羯童，只恐另有隱情。」他轉向王衍，道：「你既來見駕奏聞，就和陛下說清楚，怎能含含糊糊，讓人去猜。」

17　魏晉男子服飾。

18　古代調兵遣將的信物，也稱兵符、兵節。

司馬炎皺眉思量，這王衍會有何隱情，道：「王侍郎，朕恕你無罪，起來說。」

這下王衍真急了，他先偷偷看了看上面，這才謝恩站起來，道：「派出去的兵卒順驛道猛追十數里，眼見得將要擒拿在手了，竟生出岔子來 ── 在河水邊酒肆飲酒的左部少帥劉元海[19]與其摯友王彌兩人擋住追兵，私放羯童，臣只好這般上殿稟明陛下，請旨出兵再追。」

司馬炎已似忍受不了劉元海無視京師宿衛兵卒之行，騰地站起來回蹀了幾步，道：「這個劉元海，侍郎捉羯童礙你喝酒不成，是何無端干擾？哼，真是盛世亂象。」翕然駐足問下面臣僚：「你們說，他這是跟誰過不去？」

荀勗出班躬身揖禮，奏道：「陛下，元海此舉，從好處想來，可能出於對同族孩童的憐憫，自在情理；從壞處看，大不過是排遣怨氣。咸熙年間[20]，王公王濟曾薦任元海以平吳之事，未能成行；泰始六年[21]，朝議擇將討伐涼州叛臣樹機能，上黨李公提議任元海以將軍之職，率五部兵馬出征，指日便可斬樹機能於陣前。那時以為『非我族類，其心必異』，陛下又沒應允。這兩議兩擱之情，元海悉知底細，恐怕由此怨恨朝廷對他不公，藉以發洩。臣想元海此舉，正說明這一點。」

19　本名劉淵，字元海。
20　西元二六四至二六五年。
21　西元二七○年。

第二回　行販洛陽長嘯上東門　侍郎見駕請兵捉羯童

　　司馬炎以為「兩議兩擱」是有原因的，劉元海不應為此與朝廷較勁，便道：「那些羯人素來多有不服王化者，而且照王侍郎所言之狀，這羯童又那般狂傲不羈，為天下久安計，還是得追拿。」他一副很嚴肅的樣子，向下招手吩咐王衍，道：「王侍郎，朕命你專事追拿此童。你速去五營校衛府傳朕口諭，命那裡出十人騎兵再追。記住，使其執五營校衛府旗幡，看誰還敢攔五營校衛府的馬頭。追拿不來，朕拿你是問。」

　　司馬炎隆恩准奏，王衍又跪下，道：「臣領旨謝恩。」

　　王衍站起，低頭彎腰倒退三步，轉身出殿去了。

※

　　郭敬和寧軀在閶闔門碰上了幾十錢一匹的粗布，使用銅錢四緡[22]買了幾匹，正興沖沖返回住處，卻發現今日街巷裡的情景與往日大有反常 —— 叫賣聲、馬蹄聲少了，三三五五低聲小語的人多了；有的人看見官兵走近了，不是壓低了聲音，就是匆匆避開，不知出了何事。郭敬近前探問，那些人直罵王侍郎在捉人。

　　郭敬朝一位年事已高的老丈揖禮問他要捉什麼人，皓首老丈看一眼郭敬，回了一禮，把王衍傳旨要捉一個羯童欽犯的原委告訴了他。

　　聽了「欽犯」二字，郭敬的腦袋嗡地一下一片空白，半晌才拱手謝過老丈，打發手下人攜了布匹回住處等候，拉了寧軀

22　串銅錢的繩子，也指成串的錢，一千錢為一緡。

56

順街向東走出一箭之地，與一個氣喘吁吁向西奔跑的人撞了個滿懷，差點栽倒，被那人一把扶住，這才看清是在訇勒、高個李之後也去了東門的馬童。

馬童是跑來向郭、寧報信的。待馬童說了訇勒逃跑、高個李被押走以後，兩人又是一驚，戰慄不止。倒還是處世老到的郭敬，先鎮定下來，囑咐寧軀、馬童保持冷靜，不能讓王衍的侍從和守城的官兵發覺他們是訇勒的同伴。郭敬仰視一下天色，先打發馬童回去餵馬，自與寧軀小跑趕到東門外，看見追拿訇勒的十騎官兵奔出東門。門旁站著的一些兵卒，望著那十騎官兵的背後嘲笑一聲，道：「王侍郎數落吾等是一干廢物，哪裡知道那羯童比猴子還機靈十倍，我看他們也未必能捉他回來。」

各種跡象表明，時下訇勒還沒有被捉住，但放轡北馳的十騎官兵，會對訇勒構成怎樣的威脅呢？郭敬凝神而思，一頭是訇勒，一頭是高個李……

寧軀看看郭敬，滯重地叫出一聲：「兄長！」

郭敬猛然回過神，道：「回去。」

晡食[23]之時，郭敬把眾人集中在一起，道：「寧兄弟，你連夜北還，一路尋找訇勒，不能出現任何閃失，否則你我無顏見羯室部大。」

寧軀道：「那高個李該怎麼辦？」

23　古時吃第二頓飯在晡時，即下午三點至五點進食。根據一些學者的相關研究，古人一日兩餐，直到宋朝時少數地區才一日三餐，清朝以後一日三餐才基本形成。

第二回　行販洛陽長嘯上東門 侍郎見駕請兵捉羯童

　　郭敬緊繃的臉稍放鬆，道：「我想辦法吧。」隨後指指馬
童，道：「你把餵馬的事托給別人，跟寧兄弟一起走，路上也
好有個照應。」

　　馬童深俯施禮，道：「是。」

第三回

採野菜美人救英雄 避禍殃訇勒伴失憶

第三回　採野菜美人救英雄 避禍殃智勒伴失憶

　　智勒奪得坐騎，一手緊勒韁轡，一手執鞭啪啪啪只管抽打馬的後胯，順驛道向東狂奔。過了七里澗[01]，見後無追兵，前面路人又少下來，才隨了那馬四蹄縱馳之勢，在馬上一仰一俯地顛簸晃蕩，蕩起滿腹憂慮：二位兄長和眾人是否回到住處？大兄長是不是正在尋找自己？高個李怎樣了？是安然無事，還是被那些官兵帶走了？如果真被官兵帶走了，自己不返回去相救，說不過去，但是回去呢，說不準羊入虎口。他滯澀地嘆息一聲，高個李呀，是智勒連累你了。

　　光顧了前前後後地想，不知什麼時候已紅日西沉，進入靜默的茫茫黑夜。剛踏上驛道的那一刻，間或還能看見稀稀拉拉的路人和牛車，後來就人不見人，車不見車，雞犬之聲不相聞，唯一的聲響是胯下馬蹄達達，耳邊微風呼呼。經過村莊了沒有，似乎全無印象，只覺得面前像掛了一塊偌大的黑色幕帳，遮擋了大半個天，四野黑洞洞，一片死寂。他吃力而細心地看著眼前的驛道，又竄出大半夜的路程，方看見一條左拐的路上有幾道模糊的車轍。他執馬韁的手向左一勒，拐入北去的道路時，見天上的星宿漸稀，東方微亮，便岔向田間小徑，鑽進一處坍塌土屋的斷垣。把馬隱在土牆旁邊的草叢中，自己坐下面吃乾糧，邊看不遠處的驛道動靜。大約旦食以後，十騎官兵奔馳北去，智勒料是朝廷差遣的追兵，這讓他的北還有了一

01　在今河南洛陽東北漢魏故城東。

點困難。他瞇眼想想，自己只能晝伏夜行了。

待第二日天黑，智勒重又上了路。

按已經問好的路徑，智勒過了汴河經陽武[02]直衝河水古道重要渡口棘津[03]而來，臨近第三日天亮時分，看見遠處出現黃黃的一道線，智勒心說河水到了。只顧思慮渡口如何過得，卻不料馬竄入一片黃泛過後的淤泥裡，四腿深陷，連他也倒了進去，滾了滿身的泥巴，這倒沒了怕認出來的顧慮。他躬身朝河水方向行了一禮，然後徒步跋涉來到渡口，但他沒有急於過去。因為從淤泥裡爬出來時，搭在馬鞍槽上的乾糧也被淤泥吸了去，必得討要些吃食。

渡口僅有幾處庳小的草屋和草棚，靠岸口的草棚邊，拴了兩匹馬，裡面兩個官兵坐在一隻棄用的破小船船沿，一邊吃乾糧，一邊細語。智勒猜想，這兩人可能是追他的官兵，是留在這裡守渡口的。他緩緩走過去，伸出一隻沾滿泥巴的手向官兵討要吃食。官兵被眼前的這個泥人嚇了一跳，上下打量了他半晌，喝道：「什麼臭泥狗東西，走開走開！」

智勒低頭縮背退到一根棚柱子邊，又把手伸過去，一個官兵拿起旁邊的一根柴棒照那隻手敲去。智勒縮了縮手，又展開。兩個官兵不再理他，只管說話，一個官兵問道：「千侍郎是何命我們朝左部方向一路追呢？」另一個官兵說道：「估計王

02　在今河南原陽偏南，秦置陽武縣。

03　亦名石濟津、南津，在今河南滑縣西南。

第三回　採野菜美人救英雄 避禍殃頡勒佯失憶

侍郎覺得羯童是左部族人，不然劉少帥何以會阻止追兵，放走羯童。」

　　那個問話的官兵又問：「將軍他幾個朝驛道追去了，萬一羯童走了十八盤隘[04]小路呢？」

　　答話的那個官兵說：「我那年去上黨[05]走過一回那道隘，山高霧繞，林濩漫野，蒼蒼莽莽回盤難走，那是何等之險，沒有人煙之地，慢說人，鬼都不敢走的路，所以駐守隘口的兵年前也撤了。他若敢順此關隘北逃，不是餓死，便是荊棘掛死。」

　　頡勒見那個官兵這樣說，自是喜憂參半——喜的是至少時下官方還不知道他是武鄉北原人，憂的是十八盤隘真的那麼可怕嗎？他猶疑著邊嘆氣，邊把目光又移向往嘴裡塞吃食的官兵身上。看見別人吃東西，自己肚子咕嚕咕嚕叫，不由得收回那隻手摸摸肚皮，一下子觸到別於鉤絡帶的短劍上，暗道：「只要有這把劍，就敢走十八盤隘，用劍獵鳥獸吃，剝下皮做裹腿，不信能死在那裡。」

　　頡勒撿了兩隻爛草鞋捆在腳上，離開草棚想到別處討要些吃食，望見口岸河灘邊有一處木柵和草編圍起來的茅舍，就走了過去。見一老一小在裡面晒魚乾，他躬身向老嫗深施一禮，懇求討些魚乾充飢。那老嫗並不搭理，只是兩眼盯著小男孩。

04　在今山西壺關東南八十五里處。
05　指上黨郡，此時治所在今山西潞城東北古城村。

小男孩卻指著訇勒的腳，訇勒說道：「這爛草鞋是我撿的，若是你家的，可以奉還。」

老嫗搖頭道：「不要爛的。」

不要爛的，敢是拿好的可以換到魚乾了？訇勒從老嫗那裡出來，收羅了一些草編織了四雙草鞋，返回老嫗那裡拿出兩雙換了幾串魚乾，用草繩一頭拴了魚乾，一頭吊了留作自用的兩雙草鞋，搭在肩上，趕上北去的末班筏子過了棘津，西折鑽十八盤隘曠野荒涼的鳥道回走。等他兩隻腳板踏進北原山南邊這片熟悉的地面，頓時生出一些憂慮——他不希望自己帶給家人什麼災殃，不帶給家人災殃，就得有個避世之所。往哪裡去好呢？思慮之間，訇勒想起有人說過東北面有座關寨山，有莽莽高山深谷，幾乎與世隔絕，是藏匿的好去處，不會被人追索到，還是先到那裡避避風頭，風頭過後再回家。他這便放緩腳步，向前望望山勢走向，轉頭順著山溝翻山東向去關寨。只是此刻他已走得精疲力竭，時辰也接近傍晚，偏又見頭頂雲層湧來，塞滿了天空。山風習習，風吹草動，從散發出的青草味裡嗅到些許雨氣，他心想要下雨了，雨溼坡滑，越發難走了，這該如何是好？暮色蒼茫之下，他警惕地掃視著四周，隱隱聽見有鳥獸在叫喚，這讓他有些害怕。這時，一個悶雷從頭上滾過，密集的雨隨之潑下，一道刺眼的閃電掠過，刺得他眨眼睛的瞬間，腳下一滑，就什麼都不知道了……

第三回　採野菜美人救英雄　避禍殃賀勒伴失憶

※

　　賀勒從昏厥中醒來，一睜眼，看見一個少女坐在自己身邊打瞌睡。他慌忙朝一旁躲閃，不由得哎喲一聲，道：「我的腿……我的腿……」

　　少女身軀微微一顫，伸手按在他的腿上，道：「不能動！爹，他醒了。」

　　賀勒這時候看清了屋頂的柴草、煙氣熏黑的屋牆，靠屋角那邊有汲水的陶罐、瓦器、鍋灶、荊籃、背簍、鋤頭……一看就是那種僻邑山鄉的窮苦人家。待他的目光移向門口之時，一位高大的漢子抬腳邁進門檻。漢子並不老，時光只讓他的額頭劃了幾道淺淺的皺紋。他款步走到鋪榻前，幫賀勒上提一下被角，說道：「醒了就好幫他療傷了。」

　　賀勒覺得多處疼痛，但並不清楚傷在何處、如何傷的，因道：「療傷？我怎就傷了？」

　　漢子道：「嗯，你摔傷了，而且傷得不輕。」

　　賀勒又看了一陣屋裡，道：「我這是在哪？」

　　漢子道：「劉村。我姓劉，是小女有善心，不忍心你躺在野外山坡，把你救回來，已經兩天多了。」

　　劉女看見賀勒在注視她，慌了一下，臊紅的臉徐緩低下，道：「爹，你不用說了，哦我……我煮飯去。」

　　目送愛女出了門，漢子轉過臉來，對賀勒說道：「照我想，

救你許是老天爺的安排。」

　　這個山村除了少數世居人家，多為躲避荒亂陸續遷徙來的蓬門蓽戶，窮得只能挖洞或搭草屋而居，東一家，西一戶，寥若晨星般地散落各處。漢子曾在外面混過世面，因誣被貶黜回鄉。他也不講究風水如何，將屋址選在背過山尖那邊兩百多步，靠土崖築牆架檁，鋪在檁木頂上的灌木柴草末梢拖出牆頭，像密集的蝦腿疊摞在屋身外面的上半截牆壁上，築成鳥窩式的草屋，這便得了個劉背尖的諢名。安居這裡的劉背尖，與四鄰不甚來往，沿草屋四周闢草農耕，精心撫養照料獨生小女。劉女時年十四歲，自十一歲喪母後，放羊、砍柴、採野菜，幫她爹燒火煮飯，劉背尖也把一些家務讓她來做，父女兩人過著裋衣陶食[06]的清苦日子。

　　那日天黝黝的，劉女倒出去採野菜去了。

　　野外，薄薄的霧還沒有散盡。她在霧裡鑽來鑽去，採了半籃子野菜，還想去岩石溝再割些韭菜，轉身踩著狹長又寂寥的山谷往溝裡走，偶然看見一把短劍落在草叢裡，仰臉問了一聲：「誰的劍丟在這裡了？」

　　半晌不見應聲，遍視坡面上下也不見人影，她才一手掂了菜籃，另一隻手去撿那把劍，突然她驚叫道：「殺人了！殺人了！」

06　穿粗布衣服，用陶製灶具煮飯吃。

第三回　採野菜美人救英雄 避禍殃訇勒伴失憶

　　看見下頭直挺挺地躺在野地裡的人，便和這裡的劍聯繫起來，嚇得她叫出了聲。惶恐萬狀之下，身子向後一躲，失去重心，滑了下去，頂在那人的身上。她渾身顫抖，手扒身挪爬離開一丈多遠，扭頭眼瞄那人，手按心口呼呼喘氣。

　　劉女害怕極了，瑟縮著站起來，想要趕快離開這個嚇人的山溝，可是菜籃子還滾在那人的身旁，不把菜籃子取回來，回家拿什麼煮飯給爹吃？她強壯膽子過去取菜籃子，順勢看了一眼那人，看清是個少男，胸部似有起伏。她用菜籃子的底部揉了揉，見他一根手指輕微動了一下，自道：「沒有死？」

　　疑惑地看了一陣，劉女伸雙手將他扶坐起來，自己斜蹲下身去，揪住他的手臂往起一背，腳步還沒有邁開就被帶水的青草滑倒了。幾次試圖背了他往回走，始終沒能站穩，只好將他馱在背上，手扒腳蹬一下一下往前挪。挪一下，朝前推推菜籃子；每推一下菜籃子，總會想到爹在等她煮飯，焦急得她滿頭是汗。剛艱難地爬完急坡，不料天空又灑下濛濛細雨，雨點和汗珠混在一起，順著臉頰流淌下來。

　　濛濛細雨之中，隱約聽見有人在呼叫。劉女聽出是她爹的叫聲，答應道：「唉──」

　　空曠的山谷回聲響過，隨之又傳來一聲呼叫。估計答應的聲音沉悶，又夾在雨中，可能沒有聽清。她放下背上的人，站起來使勁應道：「爹，我在這呢！」

劉背尖朝應聲的方向趕來，道：「這倒什麼時辰了，不回屋，叫爹操心。」

劉女出來採野菜，是頭天夜裡說定的，劉背尖只是一時弄不清她去了哪個地方。尋找中，又逢上了下雨，劉背尖急躁得四處瞭望。尋到岩石溝，看見女兒衣服上沾著泥土和她身邊斜躺的那個人的側影，劉背尖生氣道：「你一個女孩子，怎麼和死人在一起？」

劉女道：「爹，他還有氣呢。」

劉背尖道：「有氣？有氣你也給我回去。」

劉女摸了一把臉龐上的雨水，哀求道：「爹，您救救他吧，這荒山野嶺的，若不救，他可真的要死了。」

劉背尖抓住她的一隻手腕，道：「他死他的，你回你的，各不相干，走！」

劉女微扭頭看著那人，道：「爹，你我兩個大活人，能忍心見死不救，叫他死在這裡，狼拖狗拽連個囫圇屍首都落不下嗎？況且他年紀還小。」

一席話說得劉背尖沒了主意，半晌方說待他看來，仔細翻看了一遍不省人事的傷者，道，「這淡黃衣像賈人，腿脛綁獸皮是獵戶，兩隻草鞋後跟、前掌都磨出了大窟窿，分明走了很遠的路。他腹部的傷是滑倒時劍自傷。左腿膝蓋脫臼，和捏羊骨一樣，好說。頭顱的碰傷……嗯，這人……這人不能救。」

劉女窮追不捨，道：「為什麼不能救？」

劉背尖說了一句「你好不曉事」，就把嘴掩上，以手指了指這人的鉤絡帶窄袖衣，道：「是個羯人。」

劉女也看了一陣，眉眼間的倔強一閃，道：「羯人，羯人怎麼了？羯人就不是人了！爹，您既然看出他是遠道而來，倘或他又沒爹沒娘，無家可歸，您收留了他，不就有了男孩了。」

劉背尖道：「這不是一檔子事。爹是說過你娘沒為我生下個男孩，老來沒人養老送終。可是羯人呢，嗯，有人對爹說過，羯人還保留了部分古老的野性，餵不熟呀。餵不熟，不也白費？與其那時白費，不如現在不救。」劉背尖抬起一隻腳要把那人踩死，以絕女兒之念。劉女唰地一下撲到那人的身上護住，半晌劉背尖的腳未落下，站在雨中直搖頭。

劉女看一眼劉背尖，撲通跪倒，道：「就算是個羯人，可他也是一條命啊，爹！」

這一跪，讓劉背尖不知該怎麼辦好了，他呆呆地在雨地裡站了好一段時間，看看女兒，看看傷者，還是心疼女兒，把那人背了回來。

聽出來是劉女決心要救他，感動得智勒眼圈都紅了，道：「老爹父女相救之恩，我會記住的。」

劉背尖呵呵笑道：「什麼記住記不住，人來世上應多行善，少作惡，盡人道。以為你半死不活，倒救回來了。嗯，不管怎

麼說，得先吃點東西，女兒！」

劉女應了一聲，端來豆豬菜糊，餵頡勒吃過，劉背尖幫頡勒接好脫臼的膝骨，說道：「這些外傷都好說，安心養幾天就不礙事了，怕只怕頭……」

劉女眼望頡勒，用一隻手示意劉背尖不要再往下說了，遂見頡勒閉上了眼睛。父女兩人相跟著出來門外，劉女問道：「頭上的傷有無大礙？」

劉背尖道：「從那個血疙瘩看，足見碰撞得很重，會不會失憶還不好說，先試探試探看吧。」

劉家父女在門外的那番談話，全被頡勒隔門聽去，心裡當下變愁為喜。因為從他甦醒過來後，無時無刻不在苦苦思索，怎麼才能不被人知曉自己的身世。他正愁如何編造身世，劉背尖無意中說出的「失憶」倒讓他找到了對策，儘管這樣做對不起救他的劉氏父女，但迫於情勢，又不得不這樣做。

也許由於傷情的減輕，頡勒此刻才注意到了劉女容貌的秀美。輕盈的腳步帶動修長柔美的身段，加上倩俏的臉龐，雖然身穿補丁衣服，但依然掩飾不住她的美貌，這讓頡勒心底產生了一見傾心之感……

劉女見頡勒氣色好轉，道：「我爹上山為你採藥去了，喝幾服，頭和臉上的傷口不化膿，就不愁不好轉。等你康復了，我帶你到山坡上去看花，聽小鳥唱歌，割韭菜，如何？」

第三回　採野菜美人救英雄 避禍殃訇勒伴失憶

　　訇勒望望她期待的眼神，道：「我隨妳。可是劉老爹不是說過，那些滑溜溜的山坡把妳我都摔了，是什麼鬼地方，居然這麼厲害！」

　　劉女微笑道：「那個地方叫岩石溝，也叫韭菜岩。那裡的岩層陡坡，生長著鮮綠的韭菜，鄰近幾個村莊的人都知道。你那天怎就去了韭菜岩，又摔到溝裡？」

　　訇勒不覺笑出聲來，道：「我實不知怎麼就到了那裡，又滑下妳說的深處。」

　　劉女道：「你從哪裡去了溝裡的？」

　　訇勒搖頭道：「想不起來了。」

　　劉女瞪一眼訇勒，帶氣道：「你這也說不清，那也想不起來，不會連自己姓甚名誰也不知道吧？」她略一頓，又問：「你叫什麼名字？」

　　這可使訇勒為難了。面對淳樸善良的劉女，他有點不忍心對她撒謊，支吾半天，道：「我好像是叫背，還是小背，妳就叫我小背吧。」他可謂絞盡腦汁，既變了真名，又保留了真名。

　　劉女很得意於「小背」這個名，說這名字好，叫起來親切順口。她點了一下頭，問道：「你娘是誰？」

　　訇勒道：「不知道。」

　　劉女道：「我再問你，你爹又是誰？」

　　訇勒道：「這我也說不準。」

劉女皺皺眉，道：「怎麼能說不準呢，你莫不是沒有爹吧？」

智勒盯住屋頂想了半晌，道：「人人都有爹，我也該有爹，是個漢子，不知道是哪一個。」

這讓劉女又氣又好笑，頭顱碰撞起一個血疙瘩，就讓他想不起他的過去了？劉女帶著這個疑問去找劉背尖。劉背尖情知真要記憶失卻，可不是容易調養的，倒還是安慰說不用擔心太過，會有復原的時候。他每逢在家歇息或者進食之時，暗自留意智勒的言語表情。等智勒能夠手拄拐杖走動了，就和他坐在木柵院的柳樹下，叫女兒端來韭菜餅，三個人邊吃邊聊，聊到春季天旱，韭菜不肥；聊到本地人去岩石溝尚且謹防吃跌，外地人不知道它的陡峻難走，去了就吃虧。接著，一抬眉直盯智勒，道：「小背，你是從哪裡過來誤入溝裡的？」

很明顯，這是繼續試探，所以智勒故作沉思的樣子，說道：「我記不得是從何處來往何處去的，只知道是從一個城門三條道的中間御道上走過來的，其他的記不起來了。」

沒頭沒尾的話，把劉家父女說得糊里糊塗，半天無言。劉女以為智勒想不起過去，便想看看他對醒來之後的事記得不記得，問道：「你醒來時，先看到的是什麼？」

智勒知道這一問是對比前後記憶的，必得照實說出來，便道：「是一個少女 —— 妳坐在我鋪榻邊打瞌睡，嚇得我就要坐起，妳一把將我按住，說不能動。」

第三回　採野菜美人救英雄 避禍殃觱勒伴失憶

劉女道：「後來呢？」

觱勒道：「後來我醒了，劉老爹進屋來，幫我提了提溜下榻沿的被子，說醒了就可以療傷了。我只知一身疼，腿最厲害。」

劉背尖接上嘴，道：「再後來呢？」

觱勒先看了看劉女，道：「再後來是您告訴我說她執意要救我的過程，說得她羞答答地跑到門外去了。接下來，是幫我接腿骨、攙我走路，還說待我好了，叫上小精明去鑽樹門，去看看各家的柴院、各戶吃的飯菜，了解了解這裡的草民家無私財、布衣韋帶、腳穿草鞋的生活。我問誰是小精明，她說是桃豹，住在山那邊的村子裡。說這人最是精明，頭腦靈活，別人想不到或者不敢想、不敢做的事，他都能想出來、做出來，還不出差錯，靠得住。」

劉背尖把碗遞給女兒，道：「幫我再夾一張。」隨即轉向觱勒，道：「小背，嗯，你小子記性不錯嘛，怎麼偏偏記不起過去的事？」

他想看看觱勒怎樣接話，此時劉女往陶碗裡放了兩張餅，遞給劉背尖以後，又夾了一張餅往觱勒碗裡放，兩眼閃動著柔情。觱勒見劉背尖嗯了一聲，轉身想問他有什麼話要說，掃見正睻視自己的劉背尖一歪頭轉向劉女，劉女的臉卻埋在碗裡偷偷地笑。觱勒好似被她父女兩人看穿了一切，渾身不自在起

來，擱下陶碗，拄了拐杖繞院走動練腿骨去了。劉背尖眼瞟觢勒一瘸一拐的身影，低聲對劉女道：「頭顱內傷的恢復，原非一朝一夕。嗯，這倒也難說，興許有一天說好就好了。」

劉女仰臉叫了一聲「爹」，打斷劉背尖的話，道：「我可想讓他成輩子記不起過去。」

劉背尖聽了，只是呵呵地笑。

※

時過三個月的一天，觢勒手拄拐杖邁出門外。蹲在門裡一粒一粒拾取掉在地上豆粒的劉女，忍不住望一眼在院子裡走動的觢勒，噔──噔──節奏緩慢而沉重，劉女把他低頭下視的神態聯繫起來一想，覺得他有許多難以放下的事情壓在心底，於是停住手叫了一聲：「爹，您來看。」

本想趁草屋涼爽稍躺一下子的劉背尖，聽見叫聲，起身邁步出來，見女兒的臉朝向觢勒看，問道：「您說他，又怎麼了？」劉女本就說不清腿傷病理和治療恢復的具體，半晌才說道：「我是說他的腿。您幫他接膝腕時說傷筋動骨一百天，這倒一百天出頭了，為什麼他連拐杖也丟不開呢？」

劉背尖眉頭支棱起，道：「爹也這般想過，只是……嗯，你聽他說過沒有，是不是有什麼放不下的繁難之事？」

劉女答道：「沒聽他說過。」

劉背尖搖著頭走開了。

第三回　採野菜美人救英雄　避禍殃訇勒伴失憶

　　到了晚上，月亮摸著山尖升了上來，邁過樹梢和圍牆，把第一縷亮光送進劉背尖土院，很快染亮了院裡鋪的那片破席。劉背尖叫過訇勒坐到席上，讓他伸出病腿，用左手端住膝腕，右手抓住小腿扭動，訇勒啊呀一聲，說疼。劉背尖伸一隻手捏住膝蓋傷處，問道：「是這裡疼嗎？」

　　訇勒道：「正是。」

　　劉背尖道：「你的腿沒事了，是心裡有事。」

　　訇勒鎮定了一下，心想憑什麼僅見過晉陽那個小小世面的劉背尖，就能斷出自己胸中所隱呢？可他還是有意款顏說道：「若真能看出小背心事，老爹您就是神仙了。」

　　劉背尖哈哈大笑，道：「我生就的凡胎俗骨，再活一百年也修不成神仙。」

　　訇勒一面手扶那根他不願意丟開的拐杖，一面從劉背尖滿是笑容的臉上推測他並沒有發現什麼，自己暫時還是安全的。他甚至跪倒在地暗暗祈禱老天爺保佑他像這幾個月一樣安穩地住下去，住到最理想的那一刻。

　　次日吃過旦食，劉背尖把一件破舊的上衣換下，吩咐女兒去採些野菜，就往地裡去了。走出大門以後，從他家東邊轉到偏南的溝坨地，站到地沿看半黃的黍穀，不料一個漢子進入了他的視線。

　　這漢子背一捆樹枝，一隻手扒在枝條上，腕部挎一隻籃子；

74

另一隻手用木棍從相對的肩膀別住枝條的中後部位，邁著穩健的腳步朝他家的方向走去。他忖度半晌也沒想起那是何人，待這漢子走近他家的院門口了，取下別枝條的棍子掛了，一瘸一拐進了院子，劉背尖輕搖下頷悶笑。

智勒覺得對劉家打擾不少，劉家父女的日子本來就拮据，如今又多了他一個，早想為劉家做些事。今天劉背尖走後，他到院子裡走動，發現除了天空鳥鳴之外，聽不到山尖那邊任何人家的什麼聲響，於是自己提了菜籃子去採野菜。採完野菜，又用隨身攜帶的那把短劍砍了些楮樹枝條，背回院子裡擺到西圍牆根的陰涼處。

擺枝條的響動，把劉女嚇了一跳。她從屋裡跑出來，見智勒遞給她菜籃子後，就坐到地上剝楮樹枝條的皮，她彎下身，問道：「你要編草鞋？」

智勒抬頭看看旁邊的草棚，道：「看到椿上掛的亂麻，就想到了這個。若能再做些木屐，搭配起來，可以……」他緩一口氣把後面的話說出來：「夜來睡不著，想起一個人，是走御道時認識的郭兄長，家住鄔什麼。我還得想想，待想起來以後，把積攢的山貨蘦給他，讓他為妳家換布、換鹽，換緊缺物品。」

這話劉女愛聽，一則智勒的記憶還在恢復，能想起一個郭兄長；二則他終於開始為劉家的生計著想了，她心裡熱乎乎的，嘴上卻道：「誰稀罕你來操這些心。」聽見劉背尖在院外咳嗽，

她說一聲「我的鍋灶」，三步併作兩步趕緊回屋裡去了。

　　望見劉背尖進來院也去西圍牆根剝枝條皮去了，劉女又出來，說道：「爹，小背砍的。」

　　劉背尖道：「我知道。」

　　智勒心裡一驚，想到劉背尖可能連他不拄拐杖走路都看見了。怕他連這個也說出來，智勒轉身拿了一塊擦手布遞過去，道：「您擦擦手歇去吧，這點工作留給我。」

　　連日來，劉女一直沉浸在智勒終於肯為劉家謀劃事情的甜蜜中。飯前見劉背尖看了掛在西柵欄木樁上的草鞋後高興的樣子，劉女更是神采飛揚，牽了智勒的手去場坪鑽樹門。

　　樹門是二十年前劉背尖的父親在進場坪的路邊栽的兩株柳樹，間隔一步多遠。靠場邊的那株，因受風吹向場坪傾斜，怕它長大了礙事，就在一人一展手高的地方，將兩株柳樹相對的皮層削開，捆在一起，幾年過來捆繩子的部位以上長成一體了，下面呈門洞形狀，上面枝梢糾纏在一起，分不出哪株是哪株。劉女到了樹門前，對智勒說看你能不能追上我，一扭身劈中而過，而智勒有美人陪伴，不覺風光起來，說一聲「能」，大步跨過去，抓住了劉女。劉女笑得一手按肚子，一手指向智勒掂在手裡的拐杖。智勒心一慌，當即佯裝跟蹌倒地，翕張著嘴唇哦哦幾聲，道：「哦我，我是想試試丟開它行不行。唉，還是不行。」

劉女拉一把匋勒，道：「起來鑽。」

兩人又笑又說又鑽，鑽得困倦了，各自背靠樹門的內側相向站定，眼睛直勾勾地盯住對方。沒想到旁邊有一個人悄然走來，笑道：「你們好有一比，像一對把門將軍，又像一對戀人。」

嬉笑的劉女看見是桃豹，羞紅的臉朝他一甩，道：「去你的小精明！」

匋勒手執拐杖把桃豹攛開。桃豹哈哈大笑了一陣又過來，道：「樹門還有個名字，妳可知道？」

劉女不想讓桃豹說破，暗暗對他搖頭。

桃豹假裝沒看見，道：「又叫連體柳，有人還叫它夫妻柳，編出半邊詩。」

這情勢讓劉女很焦急，她先是向桃豹努嘴阻止，馬上又猛擺手，道：「桃豹，不能說。」

只是桃豹已經來不及收口，還是唸了出來：「值今豐年光景好，二柳場坪結戀儔。」

唸畢，俯身拱手向劉女一揖，道：「莫怪。憑小背的氣量，他不會嫌我口無遮攔。」抬手撫額略一想，轉向匋勒，道：「這詩句可不是我們這裡的人編的。這裡的人言不成言，文不成文，把吃奶的力氣全用上，也編不出來。是去年一個隱士看了樹門，即興寫在土場邊的兩個句子，頭一句裡的第三四兩個字，原是『盛世』，他改成『豐年』。過了些日子，并州司馬刺

史派來一干人馬追索此人下落，說他那樣改是貶低盛世氣象，有意詆毀當朝，要拿他治罪。」

劉女像是要糾正桃豹，站定說道：「我爹說官兵捉他不單是改了兩個字，說他是東邊那個姓孫的皇家已故名將陸抗麾下一位將軍之後，當今聖上滅了孫家的朝，他不滿意，跑來鑽到這荒山野嶺結廬歸隱。」

桃豹點頭道：「是來躲避。他說他不圖官、不為財，只求平安。」

此時的訇勒，很想知道隱士的詳情——估計這又是一個避難者。雖然說不清他身後有著怎樣的背景，也無法追尋他從江東來到這裡的起始與蟄伏的具體，倒可以從他是陸抗一位部將之後這一點推想，可能和孫吳王朝那段歷史的某一事件相關，他轉身問桃豹：「你見過隱士沒有？」

桃豹望了一眼訇勒：他也對隱士感興趣？他心裡這麼想著嘴裡說了一聲「見過」，腳步挪動朝訇勒跟前靠近，揀那隱士最具特徵之處說道：「單他臉上的兩道劍眉，使人看了就知道他的堅毅。」

這種方式的回答，使訇勒越發覺得此人不光是隱居，更有一種潛在的力量，問道：「這隱士幽棲何處？」

桃豹確也難覓其行蹤，回答得也很巧妙，道：「再見到他時就能知道。」

※

　　劉背尖捆綁起院裡的山貨回屋坐下，劉女也一臉喜悅地進
屋來，正要張嘴說什麼，劉背尖先斜起身透過屋門望了望在院
門口與桃豹說話的訇勒，才正回身來說在場坪玩耍看見小背可
以不拄拐杖追妳了。劉女慌了一下，想以那時她沒在意遮掩過
去，卻見劉背尖臉色漸陰，她微笑著說道：「爹，您是說他可
以不拄拐杖走路了？」

　　劉背尖道：「嗯。」

　　劉尖背邊答應著邊又望望院門口，將兩次看到的情景細枝
末節描繪給女兒聽，還說有一天深夜，他從窗孔看見訇勒在黑
影下舞動手裡的拐杖。當時以為是上茅廁出來，為穩定身形胡
亂揮幾下，現在前後聯繫起來看，可以斷定他是在練武。

　　劉女道：「練武，他練武？」

　　劉背尖說他不會看錯，那一招一式是練武，把劉女說得半
是驚喜半是糊塗。既然可以不拄拐杖走路練武了，為什麼還要
繼續拄拐杖？這除了說明他在刻意隱瞞什麼外，還能怎麼解釋
呢？劉女氣得嘴唇都顫抖起來，非要叫來訇勒問個明白，被劉
背尖擋住了，道：「妳先不要問他為什麼繼續裝瘸，先說說妳
到底跟他說過些什麼？」

　　劉女道：「爹，您不用問這個。」

　　草屋不大，沒有閨房私密，劉背尖從他們的話中，察覺

出一些細微的愛慕之情，道：「不問這個，憑什麼估量他繼續瘸？」

一句話問得劉女低下了頭。

對於一個十四五歲女孩的心智而言，那愛戀之事恐怕還是模糊的。她只是感到智勒的言行舉止有一種說不清、道不明的力量在激勵著她，使她像崇拜英雄人物那樣敬慕他，以為如果能以愛戀的情感將他留在自己家裡，既會讓劉背尖晚年有人照顧，自己也有所依靠。隨著相處感情的加深，不知不覺中心裡也就有了個他。她的一片芳魂，幾乎全讓這個拐小子勾去了，連做夢都在說她的未來可能屬於他了。這一腔脈脈春情，又怎好告訴老爹呢？吞吐了半晌，她才羞答答地吐露道：「那是女兒的事。」

劉背尖道：「私訂終身？」

劉女神色黯然，停了一下才怯生生瞟一眼劉背尖的臉，勸他不要生氣。劉背尖說小背是被歧視的羯人，這樣的人家被官府視為草芥，根本沒有揚眉吐氣的日子，嫁給這等人有失體面，不可把自己的未來寄託到像他這樣的人身上。

劉背尖又隔門望一眼還在與桃豹說話的智勒，說妳看看他，幾個月來總是愁多於喜，一定有什麼大事瞞著我們。

這樣的揣測合乎此際智勒的心境，劉女只知其一，不知其二。她只知道智勒的腿傷有了好轉，不知他時下不能公開心底

的祕密是不變的。劉背尖認為夐勒非一般農家少年可比，女兒嫁給他終身有靠，也了卻了自己的一椿心思，但是他繼續裝瘋似有什麼不可告人的祕密，又會誤了女兒的一生。所以劉背尖對女兒說，不把夐勒內心所隱弄清楚，妳跟他的事只好暫時擱著。

劉女聽了一扭身朝灶邊走去。

第三回　採野菜美人救英雄 避禍殃訇勒伴失憶

第四回

扮官兵昏夜掠羯室 爭麻池李陽動老拳

智勒手拄拐杖進了門，一眼看見劉背尖很生氣的樣子。再看灶邊的劉女，眼裡含淚，沒有表情，便道：「是小背拖累你們了，可我會離開的。」

劉背尖望望智勒，沒說什麼，披了件衣服朝外走去，劉女低下頭也到了院裡。

說是會離開的，可也不是說走就能走開的。眼下此處還沒有人察覺到他是在這裡避難的。王衍將他列為欽犯，使他的惶懼與憂慮，至今沒有消除。他在草屋的地上站了一段時間，轉身望見屋外青綠柳枝輕盈拂動，方感到不如去院子的柳樹下乘涼。他鬆弛一下身心，拄了拐杖邁出門檻，看見劉女在太陽底下，就汲汲朝她走去，道：「這裡太陽大，快到樹蔭下面去。」

劉女許久沒應聲，身子也沒有挪動。智勒走近看她，見她臉色悱鬱，幾綹青絲沾在滲汗的額頭，便問道：「妳在這裡做什麼？」

劉女道：「畫圖。」

智勒道：「畫圖，畫什麼圖？」

劉女道：「你不認得了，樹門圖。」

劉女手捏一根小柴棒，不停地畫著畫著，目光隨著柴棒的移動而移動，絲毫沒有看他一眼的意思。她為什麼這樣？智勒望一眼幾乎直射的太陽，彎下腰扶起劉女，一起坐到樹蔭下，一雙愛戀的眼睛看著劉女，心裡求之，嘴上卻拒之，道：「我

說過了，不想讓妳跟上我這個羯人受不公平待遇，才不敢答應妳。」停了一下，轉眼直望大門外，道：「等我沒事了，會答應妳的。」

劉女瞋目而視，道：「什麼叫等你沒事了，能不能說給我聽？」

見她抓住這話盤根究底，智勒強笑著拍拍腿，道：「是說可以丟開拐杖了。」他很想勸她，又沒有什麼好的說辭，便道：「妳不用這樣嘔氣，我這不是一直在想我的過去嗎，又想起我是蒲子[01]人，等能丟開拐杖走路了，好去看看。」

劉女追問：「蒲子在哪？」

這樣的發問，讓智勒緊張的心神有了一些緩和，只是蒲子這個地名，是耶奕于講故事時說過，具體方位他也說不清，只好繼續編道：「過些日子，去找郭兄長問問我是不是蒲子人。」

智勒這樣說，一者說明他的記憶有所恢復，希望能為劉女增添些許喜悅；二者為他去郭敬那裡走一趟做些鋪墊。

對劉家父女的救命之恩，智勒感激不盡，他正要對劉女說些他不會不講恩情道義，他會回來之類的話時，劉女騰地揉了一下他的手臂，道：「桃豹來了。」

智勒看見桃豹一臉春風，已經走到他和劉女身前，向他們揖禮，道：「打聽到了，那隱士在東邊的山裡。」

01　在今山西隰縣。

第四回　扮官兵昏夜掠羯室 爭麻池李陽動老拳

桃豹有些神采飛揚，眼望劉女，手握訇勒拐杖，道：「他是一員武將，據悉身邊常帶一把削鐵如泥的利劍。小背若想與他討教些什麼，等你能用掉這個了，我們去一回如何？」

想見隱士的話題，讓訇勒與桃豹的心越發走近了，劉女卻反對道：「不能去。去見一個官兵緝拿的人，豈不自惹嫌疑？」

臉略顯發訕的桃豹，躲閃著劉女的盯視，道：「小背腿不好，先不去也罷。」他疾速避開劉女的目光，略微一斜朝向訇勒，道：「我是想讓他教授武藝，不知道肯教不肯。等再問訊一下看吧，若肯教，我聽說北原部大的兒子有膽識、好拳腳，可以拉他一起去。」

以為桃豹認出自己來了，訇勒惶恐地看著他，見他並無異常，放心地舒了一口氣，道：「還是不去吧，免得惹嫌疑。」

桃豹蹙眉想了想，道：「這倒也是。」

※

郭敬的塢堡[02]裡，老主人郭季坐在庭屋案後，正發火，怒斥家臣、侍從一干屬下。

這已經是郭季第二回發火了。半個月前，因為郭敬去尋找訇勒走時只帶了一個小廝，他斥責家臣沒有按他的吩咐預備三五個隨從一同前往，中間有事也好有個報信的回來。家臣說

02　形同漢朝延續下來的典型城堡式的村落，到魏晉之際，稱之為塢堡。士族豪強為了自保，風行一時，用這種建築防範匪寇盜賊的搶掠侵擾。

是少主人只需一人攜帶乾糧，省得人多了裹糧從行麻煩，郭季的火氣始見消散。這幾天，風聞太行山多有強人出沒，連國朝差遣赴并州傳旨的使臣都遭到襲擊，郭季忙派三人，晝夜驅馬追尋郭敬回家，卻無果而還。

郭季翻著白眼瞪著跪在地的三人，說了一句你們為何不留兩人繼續尋他的話，馬上轉臉呼喝一個侍僕：「去叫家臣，連一干侍從都叫來。」

吩咐侍僕出去之後，他把三人冷在庭屋，自己徑直大步跨出門外，站到廊簷下經常站的那個老地方，正迎著那侍僕叫了家臣眾人來在廊簷階下，剛俯身躬禮，他黑著面孔問家臣：「你是如何做事的？」

這口風，唬得家臣身形一抖，不明所以地撲通跪下，所來眾人也都一一跪在他屁股後頭。寂靜之間，家臣望一下郭季，道：「老主人所指哪回事？」

郭季氣得橫眉豎眼，口喘粗氣，道：「你自己叫來他等問吧。」

憤憤地說了這麼一聲後，郭季就兩手朝背後倒剪一搭，轉身向塢堡大門口走去，門口這時來了一個少年，問道：「這裡可是郭兄長郭敬家嗎？」

兩個守門家丁道：「是，這位便是我堡老主人。」兩人上前朝郭季深躬施禮，道：「老主人，來客人了。」

第四回　扮官兵昏夜掠羯室 爭麻池李陽動老拳

郭季的注意力早已集中在客人的容貌、衣著上，問道：「你是……」

客人報了姓名，看一眼郭季，謹敬彎腰兩手相接前拱行禮，道：「您是伯父吧？北原匐勒聽兄長說起過，恕小姪不敬，打擾了您的安寧。」

郭季知兒子與匐勒相交不淺，微彎腰揖讓出手，道：「是賢姪你來了，快請進。」

按照郭敬在去洛陽路上說過的大致路線和他的住所外形特徵，匐勒走進鄔縣境內一大截路程，視線裡出現了一座殘留楨幹[03]痕跡的塢堡，土圍牆上有瞭望臺，有人巡哨，就沿土牆走到大門口，又隨郭季到了庭屋。郭季酒肉招待之間，把郭敬南下太行尋找匐勒的實情相告。話猶未盡，順門進來一人，一揖到地，道：「爹，孩兒使您憂心了。」

席地而坐的匐勒，見郭敬回來了，上身朝前一彎，兩手著地引直腰背向他行下拜之禮，道：「大兄長，是小弟勞頓你了。」

郭季邊說不必多禮，邊伸手去扶匐勒。才伸到半中，郭敬已出手將跪拜之人的下巴向上端起，隨了一聲「果真是你」的出口，不覺雙膝著地與匐勒抱在一起，說道：「為兄我就知道憑你的驍勇機敏，焉是十個八個騎兵能捉得住的。」

03　築土牆時用的木柱和夾板。

午後的屋裡溫度升高，但郭季父子和訇勒三人，並不覺得有多熱，倒流出滿眶的淚水。三人的熱淚，則各有其因 —— 郭季感激祖宗蔭庇，兒子安然無恙歸來；郭敬一看到訇勒，如釋重負似的露出一絲淺笑，總算可以對部大一家老小有個交代了；訇勒呢，根本沒有想到一個剛結識不久的朋友，竟然不顧自身安危，誠心為他訇勒奔波操勞，即便是一母所出的親兄弟，也未必能放下行販營生不做，而為兄弟義氣奔忙吧？大兄長啊，小弟現下可以做得到的，只能叩謝你了。當下以頭觸地，嗵嗵嗵叩起頭來，直叩得額頭殷紅，淚水盈頰。郭季不住地搖手阻止，道：「不可……不可讓他叩頭了。」

郭敬這時出手擋住訇勒，道：「你的頭都流血了，快起來，為兄一家老少受不了呀！」

訇勒嗚咽道：「流吧，流吧，讓它流吧，留下一條殘軀日後可報答大兄長、二兄長和她父女就夠了。」

為人強梁不屈的訇勒，十餘年來從未似今日這樣哭得聲淚俱下，郭敬費了半晌工夫才使他不哭了。

※

郭敬領了訇勒繞塢堡轉了一圈，說他家的塢堡雖不大，但在周圍也算得上出號的門庭，若有興趣，可老小都搬過來住。看見訇勒的面孔還鎖得緊繃，便問道：「怎麼，捨不得你羯室的茅草屋？」

　　訇勒道：「小弟以後怎樣，說不清。照眼下處境，哪敢有這等奢望。只這回京師之行，就已經欠下大兄長您許多了，這叫小弟如何償還？」

　　兩人朝馬廄那邊走去，郭敬安慰訇勒不要在那個「欠」字上打轉，能擺脫追兵回來，便是對眾人最好的補償。高個李是被抓了，因有小校的上下通融，沒有受什麼罪就出來了。他沿路找到棘津，河灘老嫗描述說一身泥巴的人用草鞋換魚乾，便想到是訇勒裝扮泥人混過河水渡口北還了。

　　在古代，人們對河流常尊為河神或河伯。說到泥人，訇勒笑了，說那不是他裝扮的，是河伯糊了他一身的泥，連頭髮眉毛全糊遍了。

　　郭敬心中慶幸：「這樣你就好登船筏了。」他笑著伸手去拉腳步緩慢的訇勒，一眼看見餵馬的馬童迎面走過來，訇勒謙敬躬身行禮致謝。馬童還了禮，深彎的腰背略一轉向郭敬行禮，郭敬擺手讓他免禮走開，兩人才又邁步向前走，說道：「斷定你沒被官兵抓走，我沒有多耽擱就回來了。有些事對他等有勞，也不過勞，有什麼可欠的。別的人──你口中的她父女，你欠人家多少，為兄我不知道，也不想知道。」

　　訇勒道：「不想知道，也得知道。」

　　這話把郭敬說笑了，道：「噢，也得知道？我這倒要聽聽了。」

訇勒靠近郭敬，將他如何摔到陡坡深溝，劉女怎樣救他，他為何要裝失憶，又為何不願丟開那根拐杖，一切的一切都和盤托出，郭敬邊聽邊抿嘴哧哧憨笑，道：「這叫禍福相因，因禍得福。呵，好事，好事。」

　　訇勒連連搖頭，道：「什麼好事，你以為那失憶是好裝的？本來好了的腿要繼續裝瘸，晨昏交疊一百多天，是好熬的？差點沒把小弟難死。」

　　郭敬憨憨一笑，道：「不是逃避捉拿，便摔不到深溝；不摔入深溝，哪裡能遇上劉女。別人是英雄救美人，你是美人救英雄，有痴情美女相伴，再蟄伏三年五載也不寂寞。這要不算好事，天底下的好事就不多了。」

　　訇勒嘆氣，道：「兄長快不要取笑小弟。小弟在外躲藏幾個月，爹娘不見兒子，兒子不見爹娘，也不知他們怎麼樣了？」

　　郭敬道：「只恐他等這時候愁的是限期。」

　　心緒稍許平靜的訇勒馬上問道：「什麼限期？」

　　但郭敬以為這話出口得太早了，沉默不答。訇勒唰地一下抓住郭敬的兩手，道：「兄長，眼下沒有比朝廷追捕訇勒服罪更大的事了，有什麼不可告訴小弟的？」

　　見他這樣情急，郭敬悶頭思忖再三，也覺得沒法不說了，於是說道：「二十多天前，朝廷再次派兵去羯室搜查，限期部大一月之內把你交出；如若交不出，將拿一家老小抵罪。」

　　短短的幾句話，把訇勒驚出一身冷汗，說道：「竟這般相逼？」他鬆開郭敬的手，俯身施禮，道：「小弟告辭。」

　　郭敬急道：「去哪？」

　　訇勒道：「禍是小弟惹的，怎可連累爹娘和爺爺呢？我自往京師洛陽赴刑受死。」

　　他的衝動使郭敬當即拿出以大壓小的口氣，道：「什麼『赴刑受死』，人世間除了死路，都是活路；既有活路，為什麼還要往死路上去呢？」

　　郭敬的肚子裡已經藏了許多話，邊望著訇勒邊掏出來說給他聽：官兵說的限期已近極限，並不見一兵一卒來催逼，恐怕與朝廷僚佐職爵更迭有關。郭季在縣裡做主簿時的舊交，現任京師前軍將領，在來看望卸職歸里的郭季閒聊之中，道出此時的晉武帝司馬炎極意聲色，疏於政事，處於樞要地位的楊駿、楊珧、楊濟兄弟三人，依仗皇后楊芷之位，排擠打擊有礙三楊權勢擴張的王公大臣。朝廷遣調尚書令張華出京師後，窺見一些臣僚進言司馬炎重用德望日隆的晉初所封諸王中的齊王司馬攸，楊駿即進讒言，司馬炎心疑，詔令司馬攸為大司馬督青州[04]諸軍事，害得司馬攸不久病逝於洛陽，使司馬宗室失去了唯一能助國朝振興的棟梁。中護軍羊琇，因楊珧誣陷彈劾，降職為太僕。今又有光祿大夫李素、尚書左僕射劉毅、右僕射魏舒一

04　古九州之一，在今山東北部。

干老臣乞休的乞休，謝世的謝世，留下一個衛瓘，內為賈妃所忌，外為三楊所嫌，裡表相傾，獨木難支，未幾辭職。填補這些柱石之臣去後的空缺，可以蔭補其子弟入仕，也可以從現有官員中拔擢進用，是一次權力的再調整、再分配，也是臣僚派系格局重組的再變化。極善鑽營的侍郎王衍，大概看準這樣的機隙，丟開捉拿訇勒曲線升遷之法，緊盯山濤即將辭去侍中一職[05]之後的空位，期待「以衍繼濤」。這使追捉羯童之事，不是在三兩日之內逼上門來，就是拖下去，不了了之。只是出於萬全考慮，必得使部大老小先離開羯室。

這一大串的事理把個訇勒說得大張兩隻茫然的眼睛凝視著郭敬，想著他有何計使他一家安然離開羯室？卻見馬童領了兩個端草侍僕從那邊返回，郭敬扯了訇勒回了庭屋，又撩帷望望門外，門外面馬童三人走遠了，急轉回身來說了一遍他想出的辦法，這樣可保萬全。

訇勒聽了郭敬說的行事細節，微微點頭。

※

兩天後的夜裡，北原山下羯室部大周曷朱草屋裡。

此刻，一家人因訇勒之事慌亂不堪。王氏見訇勒從洛陽逃脫至今生死不明，坐在破席片上啼哭不止。一下子怨丈夫周曷朱當初不該放他出去，一下子又吵鬧著要去武鄉縣牒訴郭敬、

05　山濤本性崇尚老莊玄學，不願在朝做官。

寧軀沒安好心，有意加害她的兒子。周曷朱腳上趿拉兩隻破木屐蹲在低矮的門檻上，背向外臉朝裡勸妻子眼下不是怨誰的時候，當想想朝廷差兵前來索要智勒何以應對。周曷朱的女兒和女婿，這幾個月三天兩頭跑來照看老人，每看到他們愁得焦頭爛額的面孔，也跟著發愁。王氏是個賢良淑德的婦人，此時又挪動過來安慰女兒，卻不想被這傷心的淚水惹得哭聲越發大了。

砰的一聲響動，鎮住了屋裡的哭鬧聲。

愣怔之中，大家斜移目光，從身前緩緩延伸到鋪榻那邊，看見一個木枕滾落地下。沿木枕上看，老部大耶奕于直瞪兩眼疾視眾人。王氏丟開女兒去撿木枕，道：「爹，您……」

耶奕于默然不答。

很了解老爹的周曷朱，知道他每遇急事難事，總會有一些化險為夷的計策出來，便趕緊從門檻上下來朝耶奕于的榻前走去，問他有什麼話要說。

羯人信奉火祆教。自智勒出事至今，耶奕于一方面天天去南門裡火祆廟跪拜火祆教之神為孫兒智勒求平安；另一方面想著讓兒子兒媳先到外面躲一躲，說道：「這都什麼時候了，還顧得上哭哭啼啼？」

張越抬抬頭，道：「是當冷靜下來，請爺爺拿拿主意。」

周曷朱躬了躬身，道：「是呀，爹，限期不等人呀，您有什麼想法，快點指點幾個給我。」

耶奕于早想好了：逃。

他吩咐兒子兒媳即刻出逃，先逃往石嶺關那邊去；孫女孫女婿兩人回他們自己家，留他一人在家支應官兵。周曷朱夫婦顯然不能留下老爹送死，而自己逃生，因而執意不肯逃。耶奕于將將頜下麻縷一樣的白髯，道：「我是個土埋半截子的人了，縱然押到朝廷賜死，也不過早死幾日，有何了得。」

周曷朱說要逃一起逃，要留一起留。這時同族村人寇覓牽了兩匹馬來到門口，說老部大有他照應，叫周曷朱夫婦趕快逃。周曷朱與王氏把耶奕丁扶到草屋正中，夫婦兩人恭敬深躬拜別，又向寇覓致以羯禮謝過，道：「我爹就拜託兄弟你了。」

周曷朱夫婦拿了乾糧，出門上馬要走，大門外的官兵堵住了去路，中間一位身著將官戎裝的人，揮動明晃晃的劍，道：「部大老兒，你跑不了了，拿下！」

那將官坐到擺放在院心的一塊半截木墩上，面對被兵卒們按倒捆綁了的周曷朱，道：「你兒子在哪？這可是通天大案，立即交出來，吾等也好回覆朝廷。」

周曷朱還沒出聲，擋在院門口的寇覓，向裡一撲，道：「爾等好不講理，他兒子被你們的主子定的罪名嚇跑了，至今不知死活，讓部大拿什麼交？」

將官呵斥道：「你是何人，敢在此責問本將軍？一邊去！哼，再有多嘴多舌者，統統割下舌頭餵狗。」

第四回　扮官兵昏夜掠羯室 爭麻池李陽動老拳

　　幾個兵卒又踢又揉，把寇覓趕出木柵，扒在木柵外伸頭晃腦朝裡看的村人，唬得跑回各自茅屋，躲閃不及的，也被揍了幾拳。寇覓看不過眼，帶了冀保一干人等反撲回來，與打人的兵卒廝打在一起，那將官讓兵卒把寇覓綁了，冀保一干人等拔腿就跑。

　　王氏瞟視寇覓，叫了一聲「兄弟」，就悲悲戚戚地哭泣起來。周曷朱上前欲救寇覓，那將官伸劍擋了一下，周曷朱撲通坐到地下，噘起嘴斜視旁邊，望見張越手執木棒，女兒一手拭眼淚，一手用力揪了張越袖口，嚇得周曷朱急向他夫妻擺手，狷急地說道：「這裡沒你們的事，去，速去。」

　　將官審視兩人一眼，命兵卒把他們兩人轟出村去，把寇覓摺出木柵外面，然後看了看壺漏，道：「本將軍還剩下不到半個時辰的耐心了，時辰到了，要是還交不出人，休怪本將軍對你不客氣。」

　　將官赤腳[06]草鞋，橐橐有聲地在周曷朱父子和王氏的怒視之下踱過來踱過去，一個兵卒稟報說村那邊來了強盜搶百姓財物，管不管？將官卻斷喝他去看看時辰。

　　那兵卒過來回說，按將軍說的時辰早已到了。將官聽罷，即刻下令把周曷朱一家三口綁了，分別扶到三匹馬背上。老部大耶奕于拚命掙扎，破口大罵：「狗東西，待我孫兒以後有能力

06　《說苑》載，周時無襪赤腳。《史記・滑稽傳》記載，西漢時仍無襪，脫履後即赤腳。無襪狀況一直持續到晉以後。

了，把你們晉兵狗東西一個個殺了，讓你們一個個不得好死，狗東西……」

扶他的兵卒說：「有能耐你罵司馬皇帝去，罵吾等這些奉旨拿人的將士沒有用。」

老部大氣得兩眼瞪著那些兵卒，道：「你以為爺爺我不敢？司馬皇帝兒輩狗東西，待我孫兒以後把這些狗東西一個個殺了！」

又過來一個兵卒朝他笑笑，道：「你老部大有膽量，敢罵，可是你的罵聲大風刮走了，狗東西皇帝聽不到，留點氣力上路吧。」

老部大說他還沒有罵夠，那將官一聲令下打馬朝外走。前腳押解部大一家的官兵出院門，幾十個頭臉裹黑布的騎馬強盜後腳就到，一起衝了進去。領頭人大聲喊道：「喂，弟兄們，這家沒有人守護，爾等去把木柵點燃照明，能帶走的，一概不留，動作要快。」

在火光照耀之下，剎那間部大家的黍穀、羊隻等就被這夥強盜搶掠一空。

押解部大一家的官兵，出來羝室徑直踏上周八路土道，策馬東奔幾十里，一個剪影般的村莊出現了，它叫半坡——上半截映在臨近拂曉若明若暗的天空，下半截拖在山坡邊緣，幽沉的夜色裝著它的寂靜。

第四回　扮官兵昏夜掠羯室 爭麻池李陽動老拳

從半坡往上走出百十步之地有一處房屋，叫半坡上。在它還沒有與半坡村連為一體之前，鄅縣主簿郭季早把這處房屋和沿邊的田疇買下了。此時那將官領著他的人像鑽迷宮一樣，沿著村西住戶的茅草屋山牆狹窄的薄小土路上來，走到半坡上屋舍的木柵圍住的土院停下來，把周曷朱三人扶下馬來，割斷捆綁的繩索，道：「部大，吾等押你一家去的地方到了，這裡是你現在的家。」

近些日子以來，周曷朱自是希望有一個避開官兵的去處，所以聽了這聲夢魘一樣的交代，驚異地望向將官，道：「啊，吾等的家？」

老部大耶奕于也愣了大半天，問道：「不是說去京師抵罪嗎，在這住下來不去了，那狗東西皇帝能甘休？」

將官安慰他，道：「你一家只管安然住下，那邊的事自有那邊的解決辦法。」

周曷朱不想讓耶奕于再問什麼，與妻子王氏攙扶著他進了草屋，看著迎面的土炕[07]、引火的柴草、掛在木橛上的乾菜、放在陶器裡的豆䜴和穀粒，和自己家一樣。緊跟在周曷朱身後的王氏說道：「這日子比樹葉稠，這裡雖有吃食，但沒有衣被與別的家具。」

一個兵卒聞聽此言，朝院門外瞄了一眼，隨即抬手指了

07　築在屋室正中置放食物的土臺。

指，道：「你看這不是搬來了。」

　　王氏夫婦和老部大都朝向院門口，看見昨夜出羯室門時見過的那夥強盜，將他們家的財物「搶」到這裡來了。耶奕于彎腰靠近周曷朱，問他是怎麼回事。周曷朱躊躇了一下，說了句「且看看」，不讓他爹多嘴，而他自己卻又沉不住氣，問將官道：「爾等這時候和在我家那陣子的凶勁大不一樣，根本不像官兵，到底是何許人也？」

　　將官眼瞟周曷朱，只是呵呵地笑。笑了多時，從往屋裡搬東西的人中推過來一個人，把蒙在頭臉上的黑布一掀，笑道：「你看吾等是何許人也？」

　　周曷朱一家人同時叫出了一聲「背」，一齊撲在訇勒身上，又哭又笑。訇勒擦擦眼淚，撲通跪倒在地，道：「是訇勒不孝，害苦了爺爺，害苦了爹娘，今天跪在這裡願領受尊輩的責罰。」說罷，長跪不起。

　　後來老部大叫訇勒幫他捶捶背，訇勒才站起來。老部大上上下下看看他笑了，說你這是施的哪門子法術，像刮旋風一樣把爺爺和你爹娘都旋到這裡來了。

　　訇勒說是郭敬和寧軀，用假官兵、假強盜先捆人後搶掠，一夜之間將他們一家帶到這裡，讓他們來經營半坡上這處莊田。出此奇招的是郭敬和寧軀，扮將官的人是寧軀，當強盜首領的是高個李，其餘的人全是郭家、寧家塢堡的人扮的。

第四回　扮官兵昏夜掠羯室 爭麻池李陽動老拳

聽罷，耶奕于與周曷朱、王氏一同下跪謝恩，寧軀眾人出手扶起，道：「吾等小輩，怎敢領受長輩的謝。請自保重，小姪眾人須在天大亮之前，保護訇勒離開此處，告辭。」

王氏這時又撲到訇勒身上，兩眼淚汪汪，哭道：「背兒，你要逃往何處藏身？」

訇勒復又跪下，隱藏之地隻字沒提，只說請娘放心，叩頭起身，依依惜別。

早想回羯室去看望他那幫小兄弟的訇勒，返至劉家勉強住到元康元年[08]六月，又跑到鄔縣來見郭敬，兩人商量回去的事。郭敬半晌不說話，後來出來一聲「不能急」，可訇勒從七八歲起，幾個小兄弟就常在野外山坡放羊牧馬，打鬧戲耍，放泥炮聽山谷迴響，騎馬衝鋒捉將軍，上樹掏鳥窩，下樹挖鼠洞，偷地裡快成熟的豆子燒熟了吃，一人一個烏鴉嘴，站在一排等高的巨石上比誰尿得高……郭敬啞然失笑，說他小時候也比過看誰尿得高，現在想來真是可笑。趁這樣的氣氛，訇勒說他想兄弟們了，把回家的事又提出來。不久前小校說京師那邊諸王爭權，風雲多變，多數明智自守之臣唯恐禍及自身，多已收斂其行。王衍倒是有些日子不提羯童之事了，可他若以追索舊事邀功，什麼時候想遣兵來查羯童下落就能來。所以郭敬覺得眼下訇勒還是待在劉家或半坡上比較穩妥。

08　西元二九一年。

聽郭敬這麼一說，胥勒覺得也怕再惹出什麼是非來，於是拜別郭家父子回了半坡上。他到家的時候，恰是收穫夏麻的季節。老部大見周曷朱收穫回來的麻，一排晾晒在院裡，不覺喜上眉梢，道：「老天爺恩賜這等好麻，等漚剝以後，讓郭敬、寧軀拿了販至洛陽賣他個幾百緡的錢，權當是他們為胥勒奔波花費的一點補償。」

　　胥勒拊掌贊道：「這樣最好，不知爹有無別的用項。」

　　王氏面帶微笑，道：「上下兩頭往中間擠，他能不答應？」

　　周曷朱在乘涼，微笑著點點頭，隨即打發胥勒去漚麻池。

　　漚麻池在村外緊靠莊稼地的小路邊。種麻的人家嫌去遠方的西面山間溪水漚麻，爭著都往這池裡擠。在漚麻旺季，差不多是一家還未結束另一家就等上了。在等胥勒消息之時，周曷朱邊從水池裡舀了一大瓢涼水大口大口地喝，水還沒有喝完，胥勒挽著溼漉漉的兩條褲腿從外面跑回來，道：「靠上了。」

　　胥勒微笑著從王氏手中接過一條舊褲換上，說他去了麻池，可巧老塄下瘸子把漚好的麻撈上來控水，他趁勢跳下池裡清除雜物。東面圪臺院的李陽扛了三四小捆麻來到池邊，硬要往池子裡放，說他已經扛來了，讓他先漚一池。我忙從池裡上來擋了。李陽兩手叉腰，狠狠地過來抗了一下我，說麻池又不是你家的。我說不是我家的，也不是你家的，是村人共有的。李陽說既是村人共有，就有我的份，我先漚。說著又撞我，我

101

惱了，也兩手叉腰一斜肩膀朝他撞去，像兩隻鬥羊那樣頂在一起。瘸子倒看不過眼了，道：「人家下池清除雜物，你來要先漚，好意思嗎？村人多講究先來後到，你是何不早來？」

李陽道：「我早從家出來了，走在李家宗祠前邊的荒地，有兩隻羝羊打架，一群人圍在那裡看，幾個孩童把我拉過去看了一下子，也只遲了一步。」

瘸子冷笑一聲，道：「你看羊打架是你心甘情願要看的，不要爭了，你沒理。」

李陽道：「扛來的麻怎麼能扛回去呢？」

瘸子道：「扛不扛回去是你的事，我和訇勒管不著。」

周曷朱放下瓢，道：「他走了？」

訇勒道：「走了，很不滿意瘸子。」

聽了訇勒的話，老部大只是搖頭，道：「為一個麻池，該讓時讓他一步，犯不上爭得面紅耳赤。」

訇勒有些不服氣，正要說對這種不講理的人不能讓時，看見他娘對他使眼色，改口道：「較量較量看吧。就是打起來，他打過我了，我挨打；打不過我，我讓步；挨也挨個骨氣，讓也讓個義氣，活得像個人。」

一席話，讓老部大備感欣慰，笑道：「看看這骨氣，這幾年沒有白長。乞冀加，你兒子要勝過你和你爹了。」

睜著一雙驕傲笑眼的周曷朱看看王氏，道：「江山代有人才

出嘛，老一輩對晚一輩所期望的還不就是盼他有作為。」

王氏呢，注視著她十月懷胎生下的訇勒，道：「跟你爹扛麻漚去，莫讓別人占了又得爭吵。」

訇勒道：「娘，我知道了。」

※

漚麻入池沒幾天，訇勒從外村借了幾把收割莊稼的鐮刀回來，遠遠地望見麻池裡有個人影一晃一晃的，忙拐過去看，是李陽在撈他家的麻。前幾天與他那次鬥氣，訇勒受爺爺的教誨本不想再與他爭執什麼，可眼前的事讓他一時難抑胸中的怒火，道：「李陽，你偷我家的麻？」

李陽看見是訇勒，一托池沿的石頭跳上來，道：「我家的麻還多得沒處放，偷你家的做甚？」

訇勒道：「我家沒有人在場，又不經同意，你私自撈我家漚在池裡的麻，不是偷是什麼？」

那天，李陽沒有爭到麻池，心裡憋氣。他爹腿胯不好，全指望他快點漚麻剝皮換布，縫製禦寒衣物，早想搶漚一池。但是不經同意去撈人家的麻，的確理虧在己，便回道：「我抓起上面的麻稈折了折，麻皮容易離了稈，眼見得是漚成了，替你家撈出來控水，當然也是想快點把我家的麻漚進去。」

訇勒質問道：「漚一池麻得多少天，你清楚。你與我爭吵到今日幾天了，怎麼能說漚成了？你把麻漚回池裡，原來是什麼

樣還擺放成什麼樣，偷麻的事權當沒有發生過。如若不把我家的麻再漚回去，我非把你偷麻之事和村人說不可。」

李陽的臉紅了，道：「我這不是已經說清楚了，池裡的麻漚成了，替你家撈出外面來控水，怎麼能說是偷呢？」

羯勒道：「不說是偷也行，你得把麻原樣擺放回去。」李陽堅持說池裡的麻漚成了，硬是不放，羯勒生氣道：「那我只有將你偷麻的事情說出去了，讓村人都知道你李陽是個賴皮。」一仰臉喊叫出聲來：「喂！大家都來看啊，李陽想偷我家的麻，叫我逮住了，他還不認錯。」

窮鄉僻壤，枯燥乏味的山鄉村民，連殺豬宰羊都要圍觀圖樂，聽到喊叫，當下來了不少人。眾目睽睽之下，李陽聲色立變，罵道：「你這條瘋狗，天生羯種，本性難移，連我李陽也咬。不給你點厲害，怎會知道這村裡還有個老拳李陽。」

兩年前，大有一身陽剛之氣的羯勒，在洛陽遭到王衍的種族歧視，罵他胡種羯童，踐踏他，至今紛擾未掃。今日李陽也這樣罵他，羯勒不由得勃然大怒，道：「你罵誰？」

李陽道：「誰是瘋狗亂咬人，就罵誰。」他朝羯勒走近一步，伸了伸雙拳，道：「若你繼續發瘋咬人，我李陽就用這個教訓你。」嘴說拳出，一拳照羯勒胸口打去。羯勒立時朝前一撲，與他拳來腳去廝打在一起。旁觀者有人勸阻「別打了」，有人幸災樂禍，高舉拳頭大喊「打死一個少一個，兩個都死少一

雙」，還有人把木片、石塊投進池裡，濺起水點灑到池邊人的臉上身上。一片嘈雜聲中，李陽看定破綻伸腳將觰勒掀翻，觰勒借勢身滾側翻，一個掃堂腿把李陽掃了個仰面朝天跌倒在地，隨之一腳蹬去。待李陽站起來緩氣，觰勒問道：「服不服？不服再打。」

李陽道：「再打就再打，誰怕誰呀。來來來，瘋狗小兒，我李陽與你大過三百招。」

觰勒說道：「三百就三百，出招吧！」

兩人挽袖拿著架勢再打，卻聽得一聲呵斥：「背，你給我住手！」觰勒透過圍觀者之間的縫隙看去，是老部大在兒媳王氏攙扶下邁著顫巍巍的腳步走來。觰勒對李陽說了一聲「明天打」，就從人背後鑽進莊稼地裡溜走了。

老部大走近圍觀人群，道：「背，背在哪？不是說他與人爭麻池打架嗎？唉，都怨我管教無方呀！」

眾人道：「不是打，是與人比試氣力了。」

早有人悄悄告訴王氏怎麼回事，於是她勸老部大道：「爹，想他也不會逞強，我們回去吧。」

老部大不放心地朝麻池那廂望了望，道：「嗯，回去。」

第四回　扮官兵昏夜掠羯室 爭麻池李陽動老拳

第五回

離土就食母子失散 舍財救父劉啇合氈

第五回　離土就食母子失散　舍財救父劉頊合聲

太安元年[01]，旱魃為虐，并州大饑。

一年多的時間裡，以并州為中心的北方大片地面，旱象日漸加重。并州及并州之外的許多農家，最希冀的是「六月陰雨吃飽飯」，但農家並沒有盼來陰雨，及至進入七月，依然點雨不見，大地在熾熱的烈日下炙烤，溪渠斷流，湖泊乾涸，莊稼和草木莖枯葉黃。

地處太行山麓的武鄉北原山區，自然難逃這場大災難。往年，這裡農家所耕種的山坡梯田收穫的黍穀，繳納賦稅之後所剩雖說不多，摻和糠菜也可以將就到來年莊稼成熟；今年禾苗枯死，顆粒無收，剩下來的只有寄希望於野菜了，可是乾旱之年野菜也極其有限。結果，你也吃，我也吃，一冬一春，把能吃的樹皮、樹葉、野果、野菜都吃光了，甚至將來不及長出幼嫩的枝芽，也連根挖起來充飢，最終發展到斛[02]米萬錢，人相食。

這時候老部大耶奕于已經過世。象徵他還活著的，是他枕了大半輩子的木枕和一塊按中原士民傳統禮制加羯人紀念祖先的習俗刻意製作的牌位，放置在木枕上，每逢羯人節日虔敬叩拜祭祀。頭年冬天，仰仗每隔一兩個月去郭敬、寧軀塢堡取些粗糧，勉強過完殘冬，待閏年來春，郭、寧二位少主人對匈勒家的幫助雖沒變化，只是匈勒對頻繁往返兩家取糧有些不好意思，去得少了，兩位少主人派人運送，途中多被逃難的流民搶

01　西元三〇二年。

02　古代量器，一斛十斗，南宋末年改為一斛五斗。

去。迫於生計，周曷朱與王氏、訇勒計議，認為北原那邊人稀地熟，山坡野嶺多，野外找吃食會比半坡上容易些，尤其開年陽春，地氣上升，若多少有點雨水，便會草長鶯飛，不如搬回那邊去。

王氏和訇勒相對無言。

太安二年 [03] 三月初，訇勒一家重又回到羯室。

但是并州旱災綿延，北原羯室與半坡上相差無幾，能吃的東西都搜尋光了。周曷朱不忘族親，先去看望寇覓一家。

進了寇覓家的柴門，見土院裡站著一些面黃肌瘦的村人，個個臉掛哀容，周曷朱驚問出了什麼事。

眾人只顧傷心，當下沒有搭話。

周曷朱徑直往裡走去，見前面倒著一個鮮血淋淋的人，一個嚇呆了的孩子坐在那人身邊發愣；土地上，草鞋踩擰起來的虛土、帶血的彎刀、拋撒在地的穀粒，狼藉一片。他走近彎腰略一辨認，伸兩手把那人抱起，大聲呼喚道：「寇覓，醒醒，為兄我回來看你了。」

寇覓被喚得微睜了睜眼，隨之咧開嘴巴，道：「……你沒被朝廷……殺了，能無罪回來是……是福。」說到這裡，頭一歪，再沒有聲音了。

周曷朱淚光一閃，大吼道：「是誰如此狠毒？」

03　西元三〇三年。

第五回　離土就食母子失散 舍財救父劉詢合璧

　　村人依舊尊他部大，有的行禮，有的向他跪下，講述了寇覓的遭遇──今日剛過午時，來了一夥官兵到家戶搜刮吃食。在寇覓家看見燒柴後面有一個瓠，說瓠裡的籽可以吃，伸手抓起來搖動，瓠把處裂開一條縫隙，露出穀粒。那是寇覓鋸開瓠把裝進去的一點種子。眼見官兵取了要走，寇覓夫妻與之爭奪，那些官兵在屋門裡面殺死寇覓妻子，寇覓抓起一根築土牆用的木柱，與他們廝打到院裡，也被砍了幾刀，倒下了……

　　周曷朱依照羯人葬禮習俗，安葬了寇覓。

　　寇覓晚年得子，乳名虎子，年僅五歲。周曷朱見這孩子沒了爹娘，拉了他的手領回家。

　　部大周曷朱無罪而還，村人本應以羯族慣例，在打穀場燃起篝火，老少皆舞表示慶賀，可現下人們除了尋吃食顧命，別的什麼都顧不過來了。間或也有登他門的，卻不是祝賀，是哀求部大領眾人走一條活命之路。周曷朱唉聲嘆氣，也無能為力。

　　這時候，有人從同戈[04]換馬官兵那裡得到一個消息，說并州刺史為民請命，奏請朝廷放糧救饑。村人說這下可好了，有皇糧救命了。但很快又有消息傳來，說朝中司馬宗室內部干戈擾攘，聖上連皇位都顧不了，誰還會想到并州饑民。

　　等待賑災之糧的一線希望破滅後，不願等死的人，就得鋌而走險，外出謀生。

04　村名，又稱同過、洞過、洞渦，在今山西清徐東三十里。

從半坡上歸來幾天後，周曷朱餓得也走不動路了。訇勒覺得不能再這樣拖下去了，勸道：「爹，您領我和我娘走吧，這裡已經不是活命之地了。」

周曷朱從鋪榻上起來，穿上草鞋走出大門，看看門前院後的山，看看門前院後的地。離家出走，捨不得這片土地；不出走，全家人就得一起餓死。兩難之下，他返回屋來跪到耶奕于的牌位前，恭敬地拜道：「爹，我該怎麼辦？」

如今，周曷朱與耶奕于兩代人已陰陽兩隔，耶奕于是不會回答他這個問題了。他悶悶地又走出了院門。

屋裡點起麻稭照明了，訇勒眼望空蕩蕩的鋪榻，問道：「娘，我爹怎麼還沒回來？」

母子兩人從村裡尋找到村外，見周曷朱躺在地裡，手裡抓著滿滿當當的兩把土，緊閉雙眼形同睡覺。訇勒當下明白，父親對鄉土的情懷勝過常人，故土難離啊！

王氏把周曷朱勸回屋裡，道：「故土難離，為妻我清楚，可是不走又如何活呢？」

周曷朱搖頭長嘆，道：「光說走，可往哪走呀！」他仰臉朝向黑洞洞的門外，道：「君子懷德，小民懷土，吾等離開鄉土，靠什麼活？再說，司馬氏之朝已走向危機之境，危朝多生亂。外面官兵打仗，匪盜搶掠，飢民討要，已是沒了王法亂了套，這時離家出走，豈不是自尋死路？」

第五回　離土就食母子失散 舍財救父劉賈合鼊

　　有過洛陽劫難經歷的䨔勒，悉知外面的情狀遠比周曷朱說得還要壞，但也不能由此而不敢離家外出，於是道：「孩兒知道在自家土地上耕織是正道，也知道您擔心外面亂糟糟不安全，然離家出走未必不死，也未必都死。與其守土餓死，不如離土一闖。闖過了，都能活下來；闖不過，不想死也得死。依孩兒之見，還是得走。聽說前時逃出去的人，往冀州⁰⁵那邊去了，說那裡收成好。」

　　周曷朱的臉上露出難以置信的表情，道：「隔山聽風聲，不好說。要不再聽聽風聲，若不行，過兩天再走。」

　　䨔勒轉臉看王氏，想讓她說服周曷朱，王氏為難多時，道：「你爹不走，你我就不能撇下他走呀。」

　　䨔勒點點頭。

　　但很快周曷朱就餓得躺在鋪榻上起不來了，虎子一聲不吭呆呆地依偎在他身旁。周曷朱問他餓不餓，虎子才把小嘴努到周曷朱的耳朵旁，說餓。周曷朱遲鈍地擺個手勢，道：「去，叫大娘餵你一口水喝。」

　　王氏可憐這個失去父母的孩子，把鍋裡煮的野菜捏了幾根給了他，背轉身，偷偷抹去忍不住湾湾而下的淚水，然後走向周曷朱鋪榻邊。看見䨔勒從門外進來，暗使眼色想讓他說幾句安慰周曷朱的話，詎料䨔勒還沒靠近鋪榻就說道：「爹，今日又

05　古九州之一，其州治之地多次變動，晉朝把治所從三國魏時的信都移治房子縣，即今河北高邑西南。

有兩家出去了，冀保爹也有走的打算，可他說要與您相跟走，您願不願與他相跟？」

周曷朱臉瘦得像被削過一樣，塌陷的兩眼半睜半閉，說他這就要死了，走不走都與他無關了。

王氏寸步不離殷勤服侍，訇勒也時常伺候左右。一日忽見周曷朱睜開眼睛，抬起的手指向虎子，翕張嘴唇從喉間發出幾聲微弱的囈語就咽了氣。

訇勒大放悲聲：「爹，您……不能死，不能死呀……」

王氏也淚如雨下，兩手抓住周曷朱的手臂號啕，想把他喚回來，但終是枉費心神。

小小的虎子，一如寇覓死時那樣，痴呆呆地坐在周曷朱身邊，沒有言語，沒有悲戚。

訇勒把王氏攙起，王氏鼻酸心痛，泣不成聲。

訇勒倚仗眾人之力，按羯族習俗，將周曷朱安葬於耶奕于的腳頭，勒石立碑，上書一行隸字：「羯室部大周曷朱之墓。」

※

古人有父母死守孝三年之通例，是強調孝悌乃人子之道，然此時的訇勒只能冒不孝之名，守孝七日，「喪致乎哀而止」，「去鄉上，離六親」，離開屼原山區，踏上逃荒之路。

臨出門，訇勒問道：「娘，他？」

聽此突如其來的一問，王氏心底一沉，轉臉看訇勒，見他

113

一雙發愁的眼睛看著虎子。虎子低著頭兩手抓著上衣前襟的下角。王氏確有些為難，隔了好長一段時間，嘆喟道：「帶上。」

匋勒道：「娘，我母子連自己的命都顧不了，哪能顧得了他！」

兒也難，娘也難。王氏把匋勒拉到旁邊，道：「娘也不想讓你多擔一張要吃要喝的嘴，可是恐怕你爹在天上看呢，不帶上虎子，會惹他生氣不是？」

匋勒想起有一次周曷朱安排後事，對他說以後要善待你娘，善待虎子；你有一口吃的，就留半口給虎子；你與你娘餓不死，虎子就得活下來。匋勒到底還是把一卷羊皮裹著的行李斜挎到肩背上，手裡掮了一個陶鍋，臨出門，把陶鍋給了虎子，左手拉了虎子，右手攙了王氏手臂，離開鞏門圭寶的家。

與匋勒同行的，有劉膺、冀保等幾戶二十多口人，取道武鄉嶺，朝通往壺關那邊的路上走。

走出武鄉縣界，進入襄垣松門嶺地段。王氏細碎的腳步歪斜跌倒，匋勒慌手慌腳攙扶王氏站起，把行李捲挎在脖頸上挪到胸前，背著王氏走出裡許，望見前面出現了一哨騎馬的官兵，高聲大喊「站住，站住」，向這邊猛衝過來。跑在官兵前面的，是幾個衣不蔽體的流民。

被追的流民跑到他們身邊，叫喊著說這幫匪兵要抓人販賣，快跑⋯⋯

一個高大的官兵追上來揮鞭抽倒一人，吩咐手下的兵卒把這人綁了。訇勒抬腳就去救人，與那個官兵廝打在一起，那人趁勢爬起來跑了。

　　冀保怕訇勒吃虧，一個箭步上去，拉住訇勒，王氏也過來推他一把，道：「快叫上冀保、劉膺一起逃走。」

　　訇勒道：「孩兒不能丟下娘。」

　　王氏不禁動氣，撿起身邊的樹枝照訇勒脊背上打去，道：「快走，走得遠遠的！」

　　訇勒剛和冀保、劉膺要跑，十幾個官兵下馬圍了過來。冀保握住兩隻拳頭衝上去與官兵打了起來，訇勒抓住冀保的一條手臂朝後一甩，甩進劉膺懷裡，劉膺硬是拖了他逃出包圍圈。

　　官兵的包圍圈越來越小，一個拿繩索的兵卒來捆訇勒。他將繩索一撂，以一種徒手搏鬥的架勢撲過來，只一招訇勒就將他打翻在地。其餘的兵卒倒也並不畏怯，圍了上來。訇勒又撂倒幾個官兵便逃，邊跑邊高喊：「過了壺關，往東去冀州！」

　　訇勒孤身站在山梁處眺望，望見去襄垣的驛道上沒有竄擾的官兵了，才返回與他娘失散的地方，但空無一人。照來時的原路往回找，還是一無所獲，始終不見王氏的人影。

　　又一天行將過去，孤單落魄、無處安身的訇勒，只好去投靠寧驅。

　　寧驅是陽曲豪族，居住在縣城。漢末至曹魏時期，他家為

第五回　離士就食母子失散 舍財救父劉曷合巹

士家[06]，到寧軀父親寧天壽這一代，走通關節離開行伍[07]，涉足政界，在陽曲縣府做了個小吏，憑個人才能，後來做過一任地方亭長。卸任後，成為一方士紳，置買田疇，漸趨發跡。寧天壽因病故世，寧軀子承父業，垂拱守成，因循經營，資產寬裕，是陽曲一大財閥，有塢堡、莊園、牧坡，耕奴兵丁數百，牛羊盈圈。司馬炎受禪建晉初年，朝廷對北方內遷的匈奴等民族的統治改變為分部族或部落以邑為單位管制時，寧軀做了邑主，曶勒家鄉一帶屬於他的管轄範圍。洛陽之行以來，曶勒時常在郭敬和寧軀塢堡走動。這時候進了寧家大門，和寧軀施禮之間，身後傳來「官兵抓人了」的喊聲。這些官兵，從哪裡盯上曶勒的，曶勒一點都沒有覺察，他憤憤不平道：「都是這等官兵害得我母子失散，待我與他們血戰一場再說。」

情勢十分緊迫，寧軀把臉一沉，喝道：「休要莽撞！」

曶勒對寧軀敬重如儀，沒敢造次。

寧軀一揮手，讓部曲將曶勒藏到羊圈草裡，又吩咐一個極會度主人心意做事的侍僕把一個與曶勒個頭差不多的奴隸裝扮成剛從縣城跑回來的樣子。此時，追兵已來到了大門臺階前，寧軀高叫一聲「給我吊起來打」，然後走下臺階彎腰相接兩手前拱行禮，道：「塢主寧軀恭迎將軍大駕。」

06　魏晉時，取士兵的家庭稱為士家，其子弟世代為兵。
07　古代兵制，五人為伍，二十五人為行，因以行伍代指軍隊。

來者是上黨北澤都尉劉監一行。劉監推開寧軀直往前闖，道：「本將軍是來抓一個人，顧不上與你禮尚往來。」他隨之和兵卒們做了一個手勢，道：「都進去，給我搜！」

　　院子草棚下好似與劉監的「給我搜」在回應：「給我打！」一干侍僕正吊打那個奴隸，說道：「主人叫你午前回來，你居然拖到午後才回來，還強辯說是拚命跑回來的，拚命跑焉能跑到這時候？」

　　陪劉監往大門裡走的寧軀，問道：「將軍，你要抓的是什麼人？」

　　劉監道：「部下告我說一個能賣大價錢的羯人，叫訇勒，跑到你塢堡裡來了。」

　　寧軀一驚，馬上放穩神態，道：「噢，將軍是不是說剛剛跑進來的那個？」

　　劉監一擺臉，問道：「他在哪？」

　　寧軀指一下吊在草棚下的奴隸，道：「我差他去縣城做事，沒有按預定時辰回來。塢堡有塢堡的規矩，不然，堡裡大幾百號人，會因失序而懈職事。」

　　劉監大邁幾步走向被吊打的那人身跟前，指名叫隨行的一個兵卒來看，那個兵卒，道：「將軍，這個人？有點像，像。」

　　劉監道：「你認準了？」

　　那兵卒低下頭沒敢回答。

劉監上前一步，抓住被吊打奴隸的頭髮，扳起他的臉，又問那個兵卒：「是不是他？」

兵卒道：「是，哦，不，不，不敢確認。他的臉被打破了，有血看不清。小的那天也只是見了一面，像又不像。」

劉監今日是有備而來。在此之前，見一些軍界與地方官員搶掠流民壯漢販賣撈錢，這個兵卒向他進言抓訇勒。他立命人查了訇勒的出沒之地，帶領上百號兵馬來到寧家抓人。現在，這個兵卒的含糊其詞遷怒了劉監，他啪地給了這個兵卒一巴掌，大聲質問道：「到底是不是他？」

這個兵卒撲通跪下，嘴唇哆嗦道：「像，像是。」馬上又矢口否認，道：「不不不，不像，不像。」

劉監又是幾巴掌打去，喝道：「光說能賣大價錢，連個人都認他不出，那錢如何來？」他急躁地轉視寧軀，道：「人呢？」

寧軀狡黠地笑道：「將軍，方才跑回來的只他一個。爾等說不是，本塢主這裡可是再沒有第二個了。」

劉監拔劍指住寧軀，怒道：「非要逼本將軍動手不可？」

寧軀道：「不相信本塢主說的，任你動去。要是找出來你說的那個人，任你帶走。」

劉監說了一聲「給我搜」，眾兵卒當即拿刀執槍竄向各個角落。一個兵卒聽見羊圈外的草裡有響動，說訇勒藏在這裡，眾人撲過去把那堆草翻了個底朝天，只跑出來幾隻老鼠。

這時劉監傳令下去，讓眾兵卒撤離到寧軀為他們擺好的酒宴上，酒足飯飽而去。等那些官兵走遠了，寧軀讓家臣去羊圈趕走羊，把訇勒從亂草堆裡刨出來。

　　寧軀應對得當，使訇勒又逃過了一劫。寧軀對訇勒說道：「訇勒兄弟，劉監部伍裡有個小兵認識你，還知道你的名字，以後要小心。」

　　訇勒愣了一下，道：「認識我？一個小兵怎能認識我？」

　　寧軀道：「這是劉監親口說的，估計假不了。」

　　訇勒道：「小弟提防著就是了。」

　　這天夜間，月色慘澹之下，一個僕童追在一個人影背後一直到塢堡外面，也沒有追上。他返回宿息之地來看，別的人都在屋子裡睡覺，唯訇勒的鋪榻是空的。僕童向寧軀稟報，說訇勒貪夜不歸。寧軀怕訇勒做出什麼出格的事來，第二天夜裡跟在身後去看，發現他在一片林子裡苦練拳腳，把林子間的地面踩得像驛道一樣扎實。寧軀露出身形走過去，說道：「你整日在地裡工作夠累了，還有精力苦練？」

　　訇勒停下來施禮，道：「小弟不練行嗎？你看看那些官兵，想打哪個打哪個，想抓哪個抓哪個，世道不平，人命危淺。在鄔縣，大兄長說這一段外面太亂了，有些人什麼壞事都敢做，誡我不可大意，我還不相信。現下讓我見識到了，真的比前時更亂了。」

第五回　離土就食母子失散 舍財救父劉匐合巹

　　寧軀拉了匐勒走出林子坐下，道：「你見到的還只是下頭，上頭亂得更是沒了法度，不僅是打人抓人，而且是動用師旅圍攻和屠殺成千上萬的人。」

　　匐勒道：「二兄長是說朝裡的人？他等食君之祿，不能竭忠盡智，反而也要作亂？」

　　寧軀點頭道：「諸馬爭草（朝），能不撕咬嗎？當朝皇帝和他所封諸王都姓司馬，是一家子，卻君臣爾虞我詐，各懷私心，都在陰謀爭奪朝權。別看他名號是王，行事道義上連小百姓都不如。」寧軀站起來，嚴肅告誡匐勒：「這話可是反朝廷的，為兄不能和你深說，你不用再問，也不可以與別人說起。」

　　匐勒長長地嘆了一口氣。

※

　　光陰易逝，倏而已是太安二年[08]六月底，匐勒重新踏上通往劉家的山道。

　　匐勒薄服[09]草鞋，騎一匹馬，馬背上還搭了一袋穀物，沿漳源支流南走。途中遇見劉女在桃豹伴隨下，深一腳淺一腳地迎面而來，匐勒當即高呼一聲「桃豹」，跳下馬來。劉女看見匐勒，墩坐到土路上大哭不止。

　　劉女是來救她爹的。匐勒離開劉家後，相依為命的劉家父

08　西元三〇三年。
09　粗俗之服。

120

女本就自守清貧蹉跎度日，卻又逢上去夏至今的大災荒，菜糧皆無，數度斷炊。前時訇勒隨販運皮貨的馬車出行，途中得寧驅家臣關照，從所帶口糧裡擠出二升，著人快馬送給劉家，沒想到，因為這點微不足道的救命糧，竟惹出禍事來：今日旦食剛過，順院門進來三個人，立逼劉家拿出五斗糧食，不然就帶走劉背尖為質。劉家無糧可拿，劉女取出幾個錢和兩雙草鞋給了他們，希望保住父親不被帶走。可是這些人拿了錢、穿上草鞋走出院門外，又變了卦返回，說他們要的是糧不是錢和草鞋，強行將劉背尖綁走，限三日拿五斗糧送到陽邑 [10] 來贖人。

劉女的哭訴，讓訇勒火冒三丈，他疾言厲色問桃豹：「當時你不在場？」

桃豹頭一回見訇勒這般生氣，嚇得朝後一縮，一雙求救的眼睛瞟向劉女，道：「開始不在，後來在，可我的勇武不足以制服那些歹人呀！」

訇勒嗓門提得更高了，道：「為什麼不糾集村人截住？」

劉女為桃豹辯護，道：「人都餓得連命也保不住了，誰還能從歹人手裡救我爹。」

訇勒想想她說得似有道理，抬腳重新騎到馬背上。看出訇勒要去救人，劉女取下脖頸上戴的一塊佩玉往訇勒手上一遞，道：「給他們，只要能救回我爹。」

10　在今山西太谷東北二十里處。

舠勒笑一下，道：「它是你家的傳家玉，留著吧。荒年要緊的是糧，不是玉，玉再好再多也不能當糧吃。」

劉女越哭得痛了，說道：「沒有糧，又不要玉，怎麼救？」

舠勒道：「我會有辦法的。」

旁邊的桃豹見舠勒有些輕視綁匪的樣子，道：「他們可是三個人呀！」

舠勒道：「桃豹兄弟先不說歹人幾個，你帶她慢慢回家等我。」一擺韁彎朝八賦嶺一路追去。

桃豹朝他背後喊道：「以一敵三，寡不敵眾，要不要我去幫你？」

沒有聽見策馬疾馳的舠勒說什麼，桃豹只望見一隻手在空中擺了一下。

過了八賦嶺不遠，舠勒就趕上了那三個綁匪。他縱馬前奔幾步，橫在路中，大喝一聲道：「把人留下！」

劉背尖叫了一聲「小背」，三人中的矬子就照他的腰胯部位踢去一腳，喝道：「閉嘴！」

綁匪中那個年紀略長蓄長鬚的漢子，看了舠勒半晌，道：「本人有言在先，送糧贖人，糧呢？」

旁邊拿著一把劍的人走到舠勒身側，捏了捏馬背上搭的布袋，喜道：「糧，是糧。兄長，這家確實有糧，只是這糧不夠五斗。」

蓄長鬍漢子說道：「待我看看是不是糧？」

智勒沒有耐心與三人多費口舌，道：「我帶的是糧，可不是給你們這些歹人的。」

蓄長鬍漢子道：「那你憑什麼贖人？」

騰的一聲，智勒跳下馬一掌劈過去，道：「就拿這個！」

矬子和拿劍的人見勢不妙，拔腿就跑。蓄長鬍漢子接得一掌，啊呀一聲，左手端了右手腕閃過一旁，隨後忙也逃走。那矬子短小，跑得慢，智勒猛追幾步照後背一拳將他打倒在地，他跪下叩頭求告，道：「好漢饒命，好漢饒命！」

智勒問道：「還要糧贖人嗎？」

矮子搖頭，道：「不敢要了，饒了我吧！」

智勒道：「這要看你日後怎樣行事做人了，只要做善人，不做惡人，可以饒你。」

矮子指天發誓，道：「從今往後，永不害人。」

智勒喝道：「滾！」

放走矬子，智勒沒去追拿其餘兩人，卻不承想蓄長鬍漢子反來找智勒報方才一掌之仇 —— 不知他從哪裡叫來一個長髮遮了半截臉的人來。只見那人兩臂朝外一撐又一收，便一拳打出。智勒從他凝神運氣之中，早看出他沒什麼實力。智勒一手上擋，一手平出，直戳那人心臟，慌得那人呃了一聲，雙手交叉把智勒平出的手叉下，勉強敵了兩招，招呼蓄長鬍漢子道：

「快跑，他的糧你我取不走。」

蓄長鬚漢子道：「回來，你我合力，定能將他打敗。」

兩人四掌齊發，合力出擊，但也不是智勒的對手，蓄長鬚漢子被那人拖了一條手臂敗逃之間，朝後扭頭說道：「有善相者測本人命運中的霸期還有三到五年，我會聚集鄉俠劍夫滅了你的。」

智勒嘿嘿冷笑，道：「你就是一頭草驢，三五年能下出多少鄉俠劍夫？」

眼見兩人走遠，智勒這廂攙扶劉背尖爬上馬背，兩人騎了一匹馬回到劉家。桃豹邊接智勒遞過來的韁繩，邊說道：「可把我們擔心死了，真怕你以一敵三吃虧。」

話剛開了個頭，大門口傳來了馬嘶聲。劉女一腳門裡一腳門外，手扒門框探出身去一看，見來者是一陌生男客，她不知如何接待，倒退進門裡對智勒說道：「你看誰來了？」

智勒一望，拔腿出去禮迎，道：「二兄長，你怎麼來了？」

寧軀下馬，還禮道：「我怕你途中碰上官兵不安全。」

智勒道：「官兵倒沒有碰上，但是遇到匪了。」

寧軀一驚，問道：「把你劫了？」

智勒呵呵笑道：「我把他們打敗了。」

寧軀點頭微笑，道：「你練的那些功夫用上了。」

智勒接過寧軀手裡的韁繩拴馬，朝屋裡喊道：「我二兄長來了。」

清晨，寧軀送訇勒出了門以後，擔心劉監會差人暗盯訇勒行跡，就親自追趕了來護送。因為走背了路，現在才來到。

　　躺在鋪榻上的劉背尖，聽寧家來送糧的部曲說過寧軀對訇勒的至誠至交，硬要起來致禮。寧軀與訇勒進了屋勸止，劉背尖過意不去，讓女兒恭代。劉女欽敬站定，兩手疊在腹前一俯，向寧軀行一肅禮謝忱。

　　寧軀拱手道：「小背摔傷，承蒙妳父女照料，是我該謝你們才是。」說得劉女一臉臊紅。

　　訇勒看出寧軀幾次打量桃豹，笑道：「他叫桃豹，是習武能士，也是我的好朋友。」

　　桃豹趁勢施禮，道：「今能在此遇上塢主，真是桃豹之幸，望多加關照。」

　　寧軀向桃豹還禮，謙虛地說了一些他只會做點經營，別的一竅不通的話，就轉向訇勒，說道：「聽說你這幾年拜師訪友，廣交武勇，連桃豹這樣的兄弟都結交上了，你可真有能耐！」

　　訇勒微笑道：「這都是她的引薦。」

　　這話讓劉女面頰又是一臊，三人相視而笑。

　　人對人的了解和認識，有些是在磨難中形成的。劉背尖之前以為訇勒不是他的乘龍快婿，一直持冷漠態度。這回遭劫得救，才真正見識了訇勒的膽識及義氣。他覺得與其讓女兒嫁一個她自己不喜歡的人，不如嫁給這個憶不起身世的訇勒，於是

道：「寧塢主與桃豹賢姪，我今天對著你們的面，宣布我同意小女選擇小背為婿，現在就看小背的了。他失憶想不起自己的身世，我不在乎，估計小女她也不會在這上面過多追究。我這般公開此事，是想讓你這位作為小背至厚的異姓兄長和桃豹做個見證。」

這事提得猝不及防，爹怎麼把婚事端到客人面前來了？劉女這麼想著，說道：「爹，您今天這是怎麼了？」她眼看訇勒又道：「小背若是另有意中人，就不用難為他了。」

劉背尖早看出女兒與訇勒感情甚篤，道：「妳不就盼望有這麼一天嗎，怎麼又……唉，妳太善良了。」

寧軀早聽訇勒說過劉女，今日得見，確乎品貌不凡，又與訇勒情愛數年，情投意合，如果兩人合巹恰是美女配英雄，便直率地問訇勒之意。見訇勒兩手一攤，半晌沒出聲，寧軀道：「小弟不必多慮，依我看，可以先成家後立業，這也合乎劉老爹之意。」

劉背尖把寧軀的話攔過來，道：「用不著為難，這裡就是你的家。」

寧軀以目光逼視訇勒，訇勒的心一陣狂跳。他撂下手中的衣裳縱身蹦出門外，張起兩臂大呼一聲：「我要娶妻了！」

他熱淚湧流，蹲到地下……

寧軀、桃豹拊掌相賀。

實以為訇勒蹦出門外是反對婚事，劉家父女頗為失望，誰知他竟是答應了婚事，父女兩人高興得血液都要沸騰。訇勒邁進門來，向鋪榻上的劉背尖一揖到地，隨後轉向寧軀、桃豹，道：「二兄長與桃豹兄弟做證，小背承蒙劉老爹不棄羯人小子，我願意讓她做我的妻子。」

劉背尖心願得償，喜不自勝，掀起半個身子伸出一隻手猛擺，道：「免了，免了，這都成了一家人了，還行什麼禮。嗯，你若日後發達了，願能善待小女我就心滿意足了。」

劉女兩頰緋紅，喜滋滋地跑到門外去。

次日，劉女頭插步搖、身穿襦裙[11]，變少女之身而為人妻── 在寧軀、桃豹的操辦下，與訇勒喜結良緣。

11　一種下長及地的裙子，魏晉時期的一種女子服飾。

第五回　離土就食母子失散　舍財救父劉匋合疊

第六回

被掠賣訇勒成奴隸 釁是非老耕忌強手

第六回　被掠賣訇勒成奴隸 聲是非老耕忌強手

　　訇勒想娘想得難以釋懷，時刻有娘在心，堂堂八尺男兒，不信沒本事找到娘，對劉氏則道：「從寧家取來的那點糧食，留給你和老爹省吃儉用可以活幾個月，如果我也在家裡吃，恐怕連一個月都支撐不下來。我想我還是出去替人做工，這樣在家的、在外的，都可以活下來。」

　　劉氏先高興了一下，馬上又凝重了顏面，微微擺動下頦撲過來摟住訇勒，兩眶淚水泉湧一樣噴出來，道：「替人做工太累了，不要去。」

　　早想好了如何回答的訇勒說道：「生逢亂世，誰能安寧。」他鬆開劉氏摟在腰間的手，勸她半天，用一塊布包了幾把炒熟的黍粒上了路。出得門來，他首先想到的是老娘帶了虎子一老一小，生活無著，會不會又回到家鄉了呢？他這就放腳北還，一口氣奔回羯室，自家木柵院的兩扇柴門還是原樣的粗麻繩拴在一起沒動，傷心得他一下子靠在門扇上，躊躇淚流，直至身後幾個村人叫了一聲「訇勒」，他轉臉後視，這些人乾瘦淒涼的身影，日後竟在他眼前揮之不去。

　　從羯室出來，訇勒計劃去冀地尋娘，走上驛道不遠，困倦得臥身路邊歇息，東面路途幾輛馬車轔轔駛來，半爬起身子看去，叫道：「大兄長！」

　　郭敬是到南面販賣貨物回來的。他原打算去京師洛陽見見小校的，但聽說那邊幾個藩王的兵馬在打仗，沒敢去，把貨物

銷到邯鄲就回來了。看見智勒向他施禮，郭敬忙跳下車去攙扶。見他衣衫襤褸，草鞋磨穿，腳趾間夾著泥土，臉上是落魄者的疲憊。寧軀不是寫信說智勒已與劉女成婚了嘛，為什麼潦倒到這等地步？郭敬抬手要問智勒之時，手不由得指向身後，道：「喂，童兒，取水和乾糧過來。」

離郭敬最近的馬童，答應一聲送來了。智勒先啜了幾口水解渴，繼而把他想去冀州尋娘的事說出來。郭敬亦如寧軀那樣慷慨大方，當下拿出路途替換用的衣裳讓智勒換上，又取出五十錢讓他做路上花費，智勒辭讓不要。郭敬道：「你莫非嫌少？童兒，再取五十來。」

智勒以哀求的口氣說道：「大兄長，你就是拿一錢給小弟，小弟也不敢嫌少，是現在沿途亭驛還沒有興開賣吃食的生意，小弟拿了它往哪裡用呀？」

這話說得在理，郭敬沒再強求，對智勒說從并州到冀魏一帶，官兵還在到處募兵抓人，一是擴充實力，二是抓去販賣獲利，百姓多已避兵藏匿。這情勢之下往冀魏，多有風險，不如暫到郭家塢堡視情而行。

在郭敬說到「販賣獲利」之時，智勒馬上想到家鄉那些乾瘦得都要倒下死去的漢子。他迅疾閉了一下眼睛，遂又伸雙手揉搓一下雙眼，沉沉地叫了一聲「大兄長」，就低下頭嘆息起來。

從那聲嘆息中，郭敬度他肚子裡有話，勸他不拘什麼，想

說就說。訇勒張了幾次嘴，也沒有痛痛快快說出來。郭敬生疑，倒又覺得他要說的可能是祕事，不便在這路上說，扶他上車，道：「坐吧，都是空車。要說的事，在這不想說，可到我家去說。」

來到郭敬塢堡，見牧坡即使旱乾了的草也被羊馬啃吃光了，訇勒自請外出收割別處的野草切碎餵馬。如此住到半月頭上的一天傍晚，他扛了一大捆野草剛回到馬廄，郭敬就讓侍僕邀他小飲。他從不飲酒，又不好謝絕，裝模作樣陪郭敬才飲得一口，就嗆了嗓子，咳嗽之時嘩地噴出一口酒沫，順嘴順鼻孔外流，郭敬出手將酒碗把住，道：「不能飲就不要強飲。把酒給我，我飲酒，你說事。」見訇勒拿眼睛看他，笑道：「你忘了？那天在路上沒好意思說出口的事。」

當然沒有忘。訇勒心中刻下最惦記的是三件事：老娘的行蹤、劉氏的生活、村裡羯人兄弟的出路。那天想說而沒有說，是怕郭敬為難，可總藏在心裡也無從解決，因道：「見兄長說，哦不不，不是不是，是小弟我以為，像大兄長你這樣煞是精於商道之人，應當趁眼下王道失常，做些別的販運。」

郭敬以為他也想經營此行，便問道：「販什麼？」

訇勒道：「販人。」

驚了郭敬一下。他站起來，待心跳平穩下來才又坐下，道：「你何以敢讓為兄販人呢？掠賣雜胡，是有權有勢的官府指使一

些官兵做的，像我這樣的人，充其量是多了一些錢財的百姓，縱使有賺錢之心，也缺少一顆涉足販人之膽。犯了事，可不是輕罪。」

匐勒道：「小弟的本意絕不是誘使大兄長走向邪路，實為我家鄉的窮漢子想條活路 —— 武鄉北原那邊旱象越發嚴重，羯人各篷落的兄弟都餓得奄奄一息，眼看就要死了，想讓兄長趁了眼下混亂，用馬車載到冀州一帶賣掉，讓他等走一條活命的路，不餓死，你也從中得些微薄之利。」說完，兩眼暗窺郭敬，見他皺眉苦思的樣子，馬上想到他有難處，匐勒沉緩地嘆出一聲：「唉，是我不識世事深淺，不該出此下策。」

明顯的事理這麼一擺，讓郭敬赧顏難抬。家臣奄忽進來，稟報說張家塢堡差僕童來告，讓少主人增加護堡家丁，防備官兵衝進堡裡強行抓人販賣。郭敬藉此欠欠身，低沉的臉緩緩仰起，吩咐家臣速去安排：塢堡大門加人二十，堡牆崗樓各加三人。他揮手讓家臣走後，看一眼匐勒，說道：「為你同族兄弟謀一條活路，稱得上是一樁善舉。你早這樣說，為兄我也不會一句話堵了你。只是一個鄉野百姓販人委實不易。你先歇去，讓我往細處想想，天明了細議。」

匐勒施禮道：「是。」

可是一覺醒來，天已大亮，匐勒等郭敬議事，一整天都沒有人來叫他。到了夜晚快要睡覺了，家臣將他叫到前庭。他一

第六回　被掠賣訇勒成奴隸 辯是非老耕忌強手

進門，郭敬碎步蹀蹀迎上前來，說他去了一趟縣城，向縣令陳述了販人之事。開始縣令心裡疑惑，後來聽出販人實為救人，一口答應縣裡允許他這樣做。

訇勒問：「縣令的承諾算數嗎？」

說來，郭敬也深恐縣令有什麼反悔。從縣城回來，郭敬先去問了問他爹郭季。郭季在任時，這個縣令曾經做過他手下的小吏，知道此人剛直敢為，答應了的事不會不算數。訇勒認為既是老主人都認可的人，此事就算成議了。他差人把姐夫張越叫來介紹給郭敬，由張越從家鄉把人送來，郭敬照名字收人，用馬車分批往冀州販運。伺候在旁邊的家臣眉頭皺了皺，問道：「那你做什麼去？」

訇勒停了半晌方道：「我正有事想同大兄長和你商量。傳聞納降都尉李川那裡可以投軍，我想去他的麾下當個小兵，一來吃皇糧，不餓肚子；二來戎裝一身成了兵，不至於動不動就受官兵捉拿打罵販賣。小弟想投軍可不是說在這裡大兄長不給我飯吃，是以為總得有個托命之所不是，不知道這想法妥不妥？」

說這話的時候，郭敬一直在沉思，好一陣眉眼一展，道：「如此也好。不是說亂世出英雄麼，大丈夫立於天地間，就得做一番事業，成為眾人尊敬的英雄，也不枉在世上走一遭，我看可以去投軍。」

家臣好幾回碰到過訇勒深夜練武，想說他投軍這條路選對

了，憑武功能當個將軍，但訇勒與郭敬說話，自己插不上嘴，等郭敬說完了，兩手相接前拱朝訇勒躬身揖禮，道：「願你好運。」

訇勒當下施禮感謝郭敬和家臣，又到後庭拜別老主人郭季，道了一聲「晚輩告辭了」，一等天亮，帶了郭家為他備下的乾糧上了路。這樣一來，販人的事全壓在郭敬肩上。他一等二十多天不見張越把人送來，讓家臣和高個李天天到通往陽邑的路上去接人，卻沒有接到人。

此事令郭敬焦慮不安，帶了高個李和一名僕童，騎馬沿驛道北上，正午時分來到陽邑地界。天熱難行，駐足路邊樹蔭下歇息，望見一隊官兵押了長長一排百姓穿著的人朝這邊走來。打馬而過又折回來催促後面的人跟上來的一個將軍，走到郭敬身邊喊了一聲兄弟。郭敬尚在疑惑這將軍認識他主僕三人之中的哪個，那將軍已勒轡下馬拱手，道：「不認得為兄我了？」

假如在數年之前同門族人相見，即使看不清人，聽聲音也能判斷出是誰。現在此人冠赤幘繹衣佩劍，又時隔多年沒有往來，要不是身旁的家臣提醒，他哪裡會馬上與這位本家堂兄郭陽相認，當即俯身揖禮道：「兄長，恕小弟沒有看清是你。」

兄弟兩人禮畢，郭陽轉身向後面一招手，就見虎步生風走來一位將軍。他年少偉岸，相貌堂堂，郭敬問道：「他是何人？」

郭陽道：「是你姪子郭時。」一轉身對郭時說：「見過你郭敬叔父。」

第六回　被掠賣訇勒成奴隸 聲是非老耕忌強手

郭時跪下叩拜，郭敬伸雙手將他扶起。郭時是郭陽的長子，說起來，是鄉邑郭姓世家本支同門姪子輩人。郭陽做了將軍，把他也帶入師旅，幾年下來官位與其父齊平。郭敬以十二分欣賞的目光看郭時，道：「這才幾年不見，賢姪長得讓叔父認不出來了。真是後生可畏呀！」

郭時臉色紅潮似的又向郭敬俯下，道：「小姪能有今日，也全是托您和我爹等郭家上輩人的福。」

滿臉喜氣的郭陽呵呵一笑，道：「是呀郭敬，全是祖上行善積德來的。」

郭敬點頭讚許郭陽說得對，目光卻早已轉到了緩慢移動過來的那一排人身上，問郭陽押這麼多人做什麼去。郭陽詭異地低了聲氣，道出一聲「販賣」，馬上又說：「也只是奉命行事而已。」郭時嘴快，是要把這些人賣到山東賺錢的話都說了出來。

郭敬道：「何以要去賺這等有喪德義之錢呢？」

父子兩人還沒回答，他們所押解的那排人的尾部，突然傳來了鞭撻聲、呵斥聲。郭敬問是誰惹那位將軍生氣了。郭陽剛要張嘴，郭時卻又把話搶了過去，說這排人裡頭有個桀驚不馴的羯人，數他好挑事，愛管閒事，圈在晉陽時他放跑了兩個漢子；昨日起程至今，與他同枷的瘦小子走得太慢，他們就用皮鞭抽打，又是他替瘦小子挨打。他雖傷痕累累，但還要替別人挨打，不知道他圖什麼。

郭陽說：「這人倒是有幾分俠義之氣。」

郭敬搖著頭，道：「如果此人確是出於義氣，兄長理應可憐他，不要打他。」

說話間，那個挨打的人走近了郭敬。郭敬不禁愕然出聲，嚷道：「訇勒，怎麼是訇勒？」他一把揪住郭陽的手臂，道：「兄長，爾等甚時把我兄弟也抓到這些人裡來了？」

郭陽兩眼直瞪，道：「你兄弟，誰是你兄弟？」

郭敬道：「就是替瘦小子挨打的那個。」郭陽看了一眼，道：「打人者是將軍張隆，與為兄一起受命押解這幫人，待我勸他不要再打就是了。」張隆也聽出了他們的話意，斜視郭敬，道：「看在郭將軍的面子上，本將軍且放他一馬。你把他叫過一邊，勸他安分一些。」

郭敬拱手施禮謝過張隆，又朝郭陽父子一拱手，掉轉過來朝訇勒走去。他急切地想問問，訇勒是如何落到他等手裡的。

原來在訇勒與郭敬籌劃販賣同族飢餓兄弟期間，并州刺史司馬騰早利用手握一州軍政之權「執胡而賣」了。他先拋出一個「以補軍餉」的藉口，派出兵卒在武鄉及周邊縣份，肆意抓人販往太行山東各地。那天訇勒投軍走到陽邑城堡南路段，遇見張越被官兵抓住。他想到張越被抓，是因自己叫來聯繫送人而引起，就拚命撲上去相救，雖救了張越，但自己被官兵按倒捆了，送到晉陽圈進青陽河畔的一個大院裡，十餘天後編排成兩人一枷，被集體販運往山東。

第六回　被掠賣匐勒成奴隸 辯是非老耕忌強手

張隆不准卸下刑枷，郭敬只好攙扶著匐勒連同那個同枷人挪到路邊。僕童解開匐勒衣裳來看，見他渾身是傷，驚道：「少主人，他……」

郭敬愕然，道：「怎麼把人打成這樣？」

憤恨縈懷的高個李，握緊拳頭就要去打張隆，郭敬一隻手死死拽住他，伸出另一隻手去擦匐勒臉上身上的血。高個李只好放下拳頭，脫下自己的上衣替換下匐勒的血衣。與匐勒同枷的那人哭道：「他身上的傷，全是替我挨打時落下的。」

郭敬瞟了他一眼，見他瘦黃臉上有些淺色麻點，乾巴細條身子上衣敞開，肋骨一棱一棱地暴起，整個人活像一根乾枯的稻草，倒也真受不住幾下打。看見郭敬淚盈雙眼，匐勒忍痛一笑，道：「兄長，爾等不用為我傷心，雖說我賣人不成反讓人掠賣，但是能使張越回到我姐姐身邊，能使這個爹娘早死的同枷人不被打死，我覺得我也不虧本。」

郭敬道：「你不用自我寬慰了，人都體無完膚了，還說不虧本！」他向匐勒身前一傾，低聲勸道：「你什麼都是一學就會，就是學不會忍。今日世道，不會忍何以行？聽為兄一句勸，日後遇事能退讓的當退讓，不要那樣強直。」

只此一個「忍」字，更引起了匐勒十足的憎恨，只見他兩眼朝向郭敬，道：「這要看對誰。司馬騰這個惡官，憑什麼掠賣窮苦百姓，不就是有權有兵嗎！日月流轉，時運無定數，有

朝一日我手裡有了兵，非把他的頭撑下來不可！」

智勒咬牙切齒，聲音又大，可把郭敬嚇得不輕。他急從嗓門深處咳了一聲，先壓住智勒的衝動，然後半斜轉臉看向張隆、郭陽，道：「那些人把你抓了，是那些人的事，張將軍、郭將軍還是很體諒你的，那些管教都是為你好。」

望見郭陽朝他點頭，郭敬知道他的話送到郭陽和張隆的耳朵裡了。他的用意很明顯，只不想讓郭陽和張隆認為智勒怨恨他們。他暗向智勒指指郭陽父子，告訴智勒一個是他兄長，一個是他姪子，他們會照料的，你也好好照顧自己。

智勒歸列，隨了眾人腳步東去。

但郭敬還是擔心張隆他們在路上會對智勒不好，急忙從僕童手裡接過一個小包裹朝郭陽、張隆、郭時手上遞去，至誠揖禮，道：「這點小錢，帶在路途上用吧。」

郭陽還禮要謝絕，張隆已接在手上，笑道：「不好意思，不好意思。」

※

幾經輾轉，智勒被賣給茌平縣[01] 塢主師歡家當奴隸。

師歡塢堡位於茌山[02] 偏西北的一片空闊平衍地帶，野外遍生林木、荊棘、草叢。如果不是師歡家耕奴成百和相鄰不遠的皇

01　秦置，治所在今山東茌平西南。
02　史載茌山「土脈赤墳，橫亙五百餘步」，在茌平縣古城東北。此山後經歷代挖土已成平地。

家牧馬場為它增添了幾成活氣外，便會被人看作杳無人煙的荒野僻壤。

訇勒這些被掠賣的眾人剛到了師歡塢堡，便被連夜簽字畫押辦妥了賣身為奴的契約，次日一早便在皮鞭驅趕之下來到地裡收割麥子。一連數日，訇勒沒有受過監工的打罵。

訇勒沒受打罵，引起了一個人的注意，他叫支雄。

支雄也是師歡塢堡的奴隸。他的家族從遠處落戶上黨某地。少時習武，受儒家思想影響，萌發了匡世濟民的雄心。上年仲夏，經人舉薦前往并州刺史司馬騰麾下從軍路上，遭官兵抓捕打罵，對官兵驟生反感，遂罷從軍之念，未幾則二次遭官兵劫掠賣到這裡。

聽說這個新來的奴隸名叫訇勒，很有體力，他便悄聲等在旁邊偷看。一見這人的長相，他不禁愣了一下。他覺得有些面熟，好像在哪見過，此時就聽旁側一人道：「割麥子每人三壟，新來的訇勒幫旁邊那個病懨懨的瘦小子捎割一壟，還一直割在前頭。往打穀場扛麥捆，別人揀小捆杠，他挑大捆扛。別人一個時辰扛兩趟，他扛三趟。都說這人很有能力，自來到田裡工作就沒受過一鞭子。可今日，不知是何手頭慢了下來，腳步也跟不上，幾個監工一直跟在背後用鞭子打他。」

跟這人並排的另一個人說道：「方才聽說他被人打了。昨夜幾個蒙面大漢闖進草屋將他按倒在地就打，手腕黑青，割麥子

能不慢嗎？」

在這兩人前面的一個粗矮漢子斜歪下頭遞回一句：「有人嫌他太有能力。」

後面的人緊跟了一聲，道：「嫌他，為什麼？」

粗矮漢子回道：「莫問，莫問，悄悄往後看吧。」支雄聽了當下生疑，何人使壞心要害他？

支雄又轉向習勒那邊，看見他背後的兩個監工，每逢他慢下來時，就一鞭一鞭地抽打他，而且監工每打他之時，總有些人在偷笑。支雄設法接近偷笑的人，得知是老耕與監工串通，專門打傷習勒的。

老耕的真實名姓沒人知道，有人問及時，他說他是塢堡耕田種地的老奴隸了，就叫他老耕奴吧。這個代號，一因他入堡日子長，二因他年屆花甲。後來，有一天深夜老耕奴出外小解，巡堡兵丁老遠喝問：「誰？」

他即口應答：「老耕。」

這一小解，丟了「奴」字成了老耕。此人尖酸刻薄，愛挑撥是非，常以嫉妒或欺凌他人為能事。這些天，見習勒這般讓人刮目相看，居然心下嫉妒，趁習勒熟睡無備，挑唆幾個聽從他使喚的人，蒙住頭專往習勒手臂、手腕、腿腳處打。習勒手腳失去靈活，工作速度緩慢，監工遂以此為由，一天之內打了他八十回。

　　晡時收工，監工喊道：「主家說了，割下的麥子不在地裡過夜，每人一捆捎回去。」

　　先回到打穀場的王陽，放下麥捆回望身後，只見被智勒稱為同枷的瘦小子剛到場邊便跌倒了。王陽跑過去扶起他，道：「我看見有人把他自己的麥捆擺到你肩上了，你扛得動？」

　　同枷道：「扛不動，當即把我壓倒了。」

　　王陽道：「後來呢，你把它擱到路上了？」

　　同枷道：「幫我擺上去，那是要逼智勒替我扛的，扛不回去就藉此打他。那些人就是想讓監工打智勒，好在旁看熱鬧。」

　　王陽道：「讓你擺麥捆的是哪個？」

　　同枷道：「不認識，是老耕和他打的手勢。」

　　王陽想問那人什麼長相的話還沒有出口，身後便傳來一聲大喝：「同枷！」

　　同枷一凜，轉臉後看，見智勒肩扛手扶兩捆麥子走過來。同枷知道智勒不讓他說對他的好處，就沒敢再出聲，只緩移目光看向王陽。王陽早縱步過去替智勒取下一捆，道：「智勒兄弟，虧你有這把力氣，要是我，當場就得和監工說到明處。」

　　同枷半抬起頭，道：「奴隸遇監工，有理也沒用。」

　　緊隨智勒而來的是支雄。他把麥捆一摔，橫起發紅的眼睛問同枷，道：「智勒挨打成這個樣子，你是何還不把他給你捎割的那一壟攬過去自己割？」

同枷低沉下頭，說道：「見他手有傷，我沒讓他再捎割一壟。你看到他仍然多割的那一壟，是靠他那邊的人專意留給他的。」

　　訇勒又喝一聲，道：「同枷！」

　　喝聲震得那同枷身形微微一縮，啞了聲息。過了一陣子，同枷轉臉看坐在麥捆上的訇勒，恰趕上訇勒抬了一下頭，同枷的視線唰地一斜，落在支雄的腳上，而支雄彷彿被一條無形的線牽了那樣，抬腳朝訇勒走去。他兩眼不停地看訇勒滿是汗水和苦澀的臉，不知道還會有多少災殃會落到他身上，說道：「這恐怕又是老耕擷掇的。」

　　王陽問道：「憑什麼說是他擷掇？」

　　經過這一段日子的觀察和詢問，支雄知道夜來訇勒挨打是老耕唆使的，今日地裡監工跟在他背後打，也是老耕與監工串通好了的。他這樣做，非為主家地裡的農務著想，實欲與訇勒爭鋒；訇勒不願出名，老耕爭著出名，要唯他獨大，唯他獨尊。這些日子的事情有目共睹，訇勒不是那種爭鋒邀功之人。他已經把家國之憂暫擱一邊，只是為主家埋頭工作，無意與誰爭權奪利。老耕害怕了，怕訇勒成為主家眼裡的紅人，所以要打擊他、傷害他。支雄擺出這樣的事實和道理後，彎腰伸臂摟在訇勒的背上，輕輕地晃動，道：「訇勒，老耕這般挑釁，你得去找主家說說。」

　　同枷望望智勒，道：「我也以為不能再忍受下去了。」

　　王陽道：「找主家說這件事，要連帶監工，監工知道了，只怕日後麻煩會更多，過些日子再看吧。」

　　支雄眼睛直望智勒，還是希望他出面戳穿老耕的詭詐，但智勒此時並不便多說什麼，只道肚子餓了，站起來走了。

　　※

　　又是一年的種麥季節。陽光撫摸著耕奴的草屋，奴隸們自行來到門外放風。旦食之時，智勒蹲在草屋牆角的微風處進食，老耕嗤笑著將一隻蟬蛻丟進智勒的陶碗裡。嘲弄糟踐使智勒屈辱難忍，但他當下沒有發作，只是把蟬蛻夾起，舔去沾在上面的食物，扔到地下。老耕又嗤嗤一笑，伸出拇指與食指輕輕捏住碗沿將智勒的陶碗捏起。智勒一把搶過碗朝老耕摔去，摸了一件農具跑到地裡工作去了。

　　到了夜色散開，草屋光線漸暗下來時，智勒已躺到稻草鋪上睡去。老耕大叫大嚷著「讓你小子嘗嘗與我老耕作對的滋味」從門外進來，揪住智勒頭髮打過去。同枷過去勸解，老耕連他一起打。智勒滾身站起，喝道：「你有種衝我來，不許累及無辜。」

　　老耕哈哈大笑，道：「好呀，好呀，竟有這般不怕打的人，算你有種！」瞬間面色一黑，揮手猛喊：「起來，都起來，給我打！」

塢堡的耕奴每十來個人住一間草屋，大家和衣而臥。見沒有一個人起來回應，老耕惱恨地對眾人又踢又罵，道：「來了一個羯種小兒，倒讓你們跟本人不一心了。」

　　支雄道：「你是奴隸，他也是奴隸，憑什麼要打他？」

　　老耕陰陰一笑，道：「你不懂。」

　　此時，一個奴隸插嘴道：「他匐勒處處占得先機了，老耕還怎麼混。」

　　老耕面露喜色，對支雄說道：「他比你有眼力。」

　　卻不料王陽從支雄背後閃出來，道：「他匐勒勤快有力，為主家多做些事情有什麼不好，偏要無端釁事糾集人打他。這讓主家知道了，定罰你不輕。」

　　這話點醒了老耕，他生怕王陽去主家那裡告自己的狀，然而又不想讓別人看破他內心的恐懼，便大聲道：「你也想與我作對？」

　　老耕上前就要打王陽，支雄用手一擋，道：「你這樣搬弄是非，使我看不過眼。」

　　強撐著膽量的老耕更加惱怒，舉起拳頭向支雄打去。支雄出手還擊，兩人打在一起。

　　此時，恰有一個監工走過來，朝支雄、王陽、老耕每人身上抽了一鞭子。

第六回　被掠賣智勒成奴隸 釁是非老耕忌強手

第七回

要粗席貿勒葬同梛 敘前事支雄識好漢

第七回 要粗席訇勒葬同柳 敘前事支雄識好漢

面對支雄、王陽的反抗，使老耕擔心這樣下去，傾向訇勒的人會日趨增多，自己身上很快也會有一掌襲來，當下他叫來自己最得力的二號親信，說道：「吾等不能只顧打不顧拉，如果等到大多數人靠向訇勒那邊去了，那可就遲了。」

呵呵笑著的二號親信朝前走動，說道：「你今日怎麼了，用這種口氣說話，害怕了？」

老耕不想多說什麼，只催他去說服那些人，若想擺脫奴隸身分，除了跟他一起做，沒有別的。二號親信有些為難，前天黑夜老耕讓他叫幾個人去打支雄，他沒有去，這回還能再推辭不去嗎？思索半天說他去試試，恐怕拉不過來。老耕狠瞪他一眼，叫他想點說詞，先去把那個瘦小子拉過來。

當天夜裡，二號親信去找瘦小子。他一手掀草簾，一手敲門，裡面問道：「誰？」

二號親信道：「我，二號。」

裡面咆哮道：「滾！」

門外的二號親信還站在那裡，抬手再要敲門了，還沒有敲響倒猶豫著放下來，伸頭聽了聽屋裡，沒有聽出有什麼異常，又敲敲門說道：「你小子不要以為訇勒替你挨了幾頓打，他就是一個頂天立地的強人。我告訴你，那只是一種假義氣，時下能領你跳出眼前這個坑的，除了老耕，不會有別人。」

草屋裡半晌不答話，只把一個像破草鞋的東西扔了出來，

二號親信朝門框旁邊躲閃，眼角餘光瞟見扔出來的那個東西砸在朝著門口走來的一個人身上，這個人是訇勒。二號親信低頭扭身小跑回去回覆老耕，說他被瘦小子罵回來了。

老耕這時候一副冷臉，不拿正眼看二號親信。二號親信心生怨恨，瞬間編出一些使老耕難以承受的話，說他去之前就猜到瘦小子對訇勒是鐵了心的，果然聽不進半句奉勸。別看他病懨懨的瘦弱得不像個人了，罵人可一點也不弱，罵他的時候連老耕都罵了，說哪天要在眾人面前痛痛快快罵你老耕一頓。

這番虛而若實的編造，當下就見了奇效 —— 老耕舔一下氣成青黑的嘴唇，怒道：「瘦東西，我會等你來罵的。」

二號親信的回覆，加速了老耕實施拉不過來就打的步伐。這天午後，雷雨驟至，同枷隨了眾人跑到路邊草棚下避雨。一個奴隸脫斗笠滴下的水點蕩在老耕的腳頭，老耕罵道：「瘦東西你敢把水甩到我腳上？」

同枷道：「你誣衊人。」

老耕道：「誣衊就誣衊，你能把我怎樣？」

同枷道：「明日到主家那裡告你。」

老耕霎時怒火噴發，吼道：「那我今日再給你送一些證據。」說著，劈頭蓋臉就朝同枷打去，又把同枷拖到雨地裡，用農具打了個半死不活。

昨天訇勒淋了雨，周身不適，那些監工還狠踢了他幾十

腳，全身疼痛，今天就沒有去地裡。支雄可憐他一天沒有吃食物，端了一陶碗溫湯來看望，剛問起記不記得并州大饑那年，他在襄垣松門嶺救過一個人時，同屋的一個奴隸慌慌張張跑回屋來，道：「訇勒兄弟，同枷挨打了，快去看看吧。」

訇勒焦急著掀身要起，支雄一把將他按住，道：「你這個樣子哪行，若信得過，我去如何？」

訇勒上身朝前一傾，施禮道：「那就有勞支雄兄弟了。」支雄沒有還禮，與回來報信的人一起去把同枷抬回屋來，訇勒叫了半晌，同枷始終沒有睜開眼睛。

這回挨打，傷到了同枷的內臟。訇勒見他已經沒了呼吸，不由得兩眼掉淚，坐到屍體旁，伸手撫摸著他的臉，泣道：「同枷啊，你死得冤枉呀！」

※

面對同枷冷冰的屍體，訇勒眼裡流出血的仇恨，忍痛拄了一根耡柄來到師歡前庭門前的廊階下，直挺挺地站在那裡，叫道：「小奴訇勒斗膽求見主家。」

在師歡塢堡，還從來沒有人敢以這種方式來見主家，這使一些人詫為奇事，跟著來看究竟……

因為打死了人，塢堡家丁守在庭前，防止有人鬧事。一個多時辰以後，打掃院落的老僕聽見幾個監工說訇勒再不走，就要動手打他了。他藉著打掃地面的浮灰，緩慢湊過去低聲勸訇

勒：「老奴要打掃這裡了，回去吧。」

智勒身形沒動，只顧喊話：「小奴智勒斗膽求見主家。」

老僕窺一眼那些監工，又勸道：「主家事情比他頭上的毛髮還多，哪裡顧得上見你。快回去，快回去。」

智勒依然堅持叫他的，道：「小奴智勒斗膽求見主家。」

老僕搖頭嘆氣走開了。

老耕也跟了來，他是想親眼見識一下主家怎麼處置智勒的。只要主家斷喝一聲把智勒轟走，自己是會第一個衝上去替主家效力的。

站在老耕旁側山牆拐角朝前庭門前看的，是支雄和住在同一個草屋的王陽。他們開始並沒有望見老耕隱在山牆拐角那邊，後來支雄對王陽指了一下斜側，說那邊有人。王陽目光轉向粗石疊壘的單薄牆上，看見擱在牆豁裡的一張臉，說道：「老耕，他是何站到那裡去了？」

逯明、吳豫從身後過來，靠支雄、王陽兩人站了，吳豫道：「今天二號又在下面煽動，說老耕已與一位陰蓄兵馬反晉的將軍有勾結，讓他帶人過去。還說這個將軍出生時是黑夜，當時吉星高照，滿屋異香，遊方術士送他六個字：『盛年必成大事。』那二號說要隨老耕走，不要錯了主意。」

支雄道：「你還指望他？」

吳豫道：「眼下數他有些膽量，不指望他指望誰？」

支雄朝眼前站立的人努了一下嘴。

吳豫望了望，並沒有看清人，問道：「他，他是誰？」

支雄道：「一個好漢。」

吳豫向前伸了伸脖頸，又望了一下手拄耝柄站立不動的智勒，說道：「他 —— 好漢？哈哈哈，哈哈哈。」竟然仰臉大笑而去。

逯明也覺得支雄他們不識人，要叫回吳豫與支雄幾個爭論一番，又招手又喊叫，吳豫不回頭，逯明嘆了一聲，轉身說道：「世上再沒有人了，怎麼非拿一個只會挨打的人當好漢？」

只想看看智勒能不能見上主家的王陽，方才沒有與吳豫說話，現在也不想搭理逯明，只略轉臉看了他一眼。支雄倒想說服逯明：「逯明兄弟，你可不要把他當草木。」

逯明道：「不把他當草木，也是草木。」說罷，又歪起頭酸笑。王陽見他如此笑，竟有些生氣，大聲道：「逯明，你和吳豫怎麼可以這樣？」

支雄擺手，道：「休要怪他。他不知道要求見主家的這個奴隸，有著何等的遭遇、劫難和過往，又是怎樣套在刑柙下忍受飢餓與鞭打來到這裡的。他失散的是娘親與妻子，強加給他的是奴隸苦難，挨打受壓，但他一身傲骨，越是打壓，骨頭越硬。」支雄挪動腳步，靠近逯明，道：「他有堅韌的生命力，不會摧折，只會挺起。」

從支雄言辭之中聽出，智勒是從大苦大難中摸爬滾打過來的人，是不是確有一身真功夫，那要眼見為實，所以逯明笑道：「可能是我有眼無珠，沒有看出他的能耐。」

支雄道：「你不相信？」隨即把自己在襄垣松門嶺被人救下來的過程說了出來，問道：「你看這人怎樣？」

逯明道：「這不是你和王陽說的故事裡的人嗎？」

支雄點點頭道：「正是他。」

逯明道：「真如你所言，這人以勇武義行救人，像個好漢。他今在何處？」

支雄出手指了一下，道：「就眼前這個人。雖說我還沒有完全確認，可這些日子以來，我怎麼看他都像那回救我的人，才敢說他是好漢。」

支雄望著太陽照射下的智勒，略帶幾分驕傲的口氣問逯明：「你是否已從他粗壯、黝黑和暴起一身肌肉的身體上，看出他的隱忍與剛毅？」

往牆上爬了爬的逯明，胸部擔到牆頭上細看了半天，道：「是有點。」

支雄笑道：「不只是有點，是確實沉鷙材勇。你看他站在那裡，不揖不跪的樣子，確有一股子剛強不屈之氣。」

逯明倒下身來，剛拔腿走向山牆前面去看，又聽見了智勒的那聲「小奴智勒斗膽求見主家」的哀求，這讓他心裡沉甸甸

的，忙轉回身來站到支雄那裡。

訇勒還是驚動了師歡。師歡戴一頂黑色高聳輕紗冠，向前揮動一下身上大袖衫的袖子，命家臣陪他先居高臨下望了一眼站在太陽底下的人，道：「他就是那個工作能力好的訇勒？」

家臣拱手一揖，道：「回主家，是他。」

師歡見訇勒狀貌奇偉，想他既來求見，必有為難之事，就讓家臣隨自己下去看看。

師歡下來閣樓，走出前庭，站到簷廊下仔細一看，大聲追問訇勒渾身是傷的端由，家臣方把訇勒挨打之事一一陳述出來。師歡聽罷，臉一沉，責道：「這麼些日子，是何不見你稟告？」

家臣跪下，說道：「小人也是剛聽說。」

師歡讓家臣站起來，道：「不必這般，只是打出人命來，官府會問罪的。」

家臣俯首，道：「主家教訓的是，我會謹慎職事。」

師歡抬腳往廊階沿站了站，問道：「是你要見我？」

訇勒回道：「是小奴訇勒斗膽求見主家。」

師歡道：「你來見我有何事？」

訇勒慢慢卻重重地吐一口氣，道：「我的同枷死了，是被人打死的，想必主家知道。」

不覺鎖緊了眉頭的師歡，怔怔地站了許久之後兩眼疾視家

臣，家臣惶恐跪倒在地，道：「我我……我也是這才知道的。」

師歡沒理家臣，問詗勒同枷是何時死的。詗勒說道：「昨日午後捱打，沒到半夜就斷了氣。他的死以後理論，且求主家賜一張粗席把他安葬了。」

聽出詗勒是為死者請願，師歡甚感所求在理，虛招一下手，道：「你不用站了，跟家臣去取一張葦席是了。」師歡喝一聲家臣：「還跪著幹什麼，起來領他去取。」

直到此時詗勒才抬眼看了看師歡，屈膝跪下，拜道：「小奴詗勒替同枷謝謝主家。」

師歡朝外揚揚手，詗勒含淚隨家臣去了。

看著這一切，老耕對詗勒恨得牙癢癢，必除之而後快。

詗勒、支雄、王陽三人埋葬了同枷，詗勒對兩人說了一些感謝的話，三人離開墓地。

工作了一天的奴隸，回到草屋躺到稻草上，隨之也沉睡起來。支雄受不了盛夏地鋪溽熱，坐起來看一眼，見詗勒躺在門外圓木上。他走出屋，坐到圓木邊的地上。詗勒爬起來，說道：「你也熱得睡不著？」

支雄道：「我多時尋不見救我的好漢，不能叩拜謝恩，何以能安眠於枕。那天我跟你說在襄垣松門嶺被人救下的事，沒來得及細問，就去看同枷去了，現在可以回答我了吧？」

詗勒轉過身形，對住支雄。支雄早已認定詗勒就是救他的

第七回　要粗席酺勒葬同枷 敘前事支雄識好漢

那個人，要下跪「謝義士相救之恩」了，酺勒出手拉他坐回原處。

酺勒重新審視支雄，似曾解救過這麼一個人，卻勸支雄不可謝錯了人，而支雄肯定救自己的那個人就是酺勒。

酺勒說自己本身是個羯胡，見了官兵躲還來不及，哪敢去招惹他們。最後說他睏了，閉上眼睛不再言語。

數日後，還是夜半，兩人坐在那兩根並排的圓木上，支雄道：「出來地頭，看見你又去陪同枷了。」

酺勒長嘆一聲，道：「我替他挨了那麼多，想使他活下來，結果……唉……」

老耕從前是兗州[01]刺史苟晞一個部將的兵，與一良家女子偷情犯案，在押送過程中逃跑來到師歡塢堡。前幾天有人看見兩個官兵和一個拉小孩的女子與老耕站在路邊，臉朝牛叢塊[02]指指畫畫了半天，只怕又會生出什麼事端來。

不想聽那些風流韻事，酺勒搖手道：「不拘他以前有過什麼事，眼下跟你我一樣，都是奴隸。」

這時，老耕帶著幾個人從草屋出來，用手裡拿著的木棒，敲打了幾下那兩根圓木，吼道：「你這個羯種小兒，你說話的

01　古九州之一，其治所魏晉時移至廩丘。

02　在今山東茌平西南臺子高村，是一處高出地面一丈有餘的高臺地。春秋時稱牡邱，史載：「春秋僖公十五年，公會齊侯、宋侯、陳侯、衛侯、鄭伯、許男、曹伯盟於牡邱。」相傳此地是酺勒在師歡家做奴隸時的耕田和放牧之處，人們稱此高臺地為牛叢塊。

聲音擾得爺爺我不能睡覺。爺爺今晚要教教你，使你知道日後該怎樣孝敬爺爺我這樣的尊長。」

匋勒一股虎勁站起來，怒視老耕，嚷道：「還嫌死得不夠嗎？你趁早收起你的惡行，還能保留一點面子，若不，我會使你顏面盡失。」

老耕瞪大眼睛，凶惡地說道：「怕你沒那個鳥勢！」扔了手裡的木棒，出拳打了過來。

匋勒伸出左手堵擋之時，手勢突然一變，抓住老耕出拳的手腕，往自己身前一拉，又猛地朝外一送，右手快如疾風般地一掌擊出，老耕跌出一丈開外，匋勒向眾人一拱手，回草屋去了。

在場觀者都愣怔了，沒料到匋勒竟有這般功力。他們原見老耕叫嚷得那麼大聲要打匋勒，沒想到現在被打倒在地的反而是老耕自己。一些恨老耕的人，暗暗揚眉戳拳，輕聲低語早該這樣了。與老耕一夥的，威風盡掃。怔了半天，才想起倒在地上的老耕，甚是小心地從支雄身後過去扶。見老耕只是哼呀哼呀起不來，忙叫了兩個人將他抬起，架到第三個人的背上馱了，後面兩人各抬了一條腿，朝他住的草屋門口走去。

支雄面露喜悅，問王陽：「看見那一掌了沒有？」

王陽頷首回道：「看見了。」

支雄微笑道：「如何？」

王陽道：「招式凌厲，其功力非一般人可及。」

支雄道：「所以他敢跟官兵對抗。」

王陽道：「他不會趁此就把老耕滅了吧？」

支雄道：「不會，他是明人不做暗事。」

王陽道：「你確認他就是救你的那個好漢？」

支雄道：「是的。」

王陽道：「他能帶領眾人脫離苦難嗎？」

支雄道：「這你得去問訇勒。」

王陽搖頭道：「算了，問了他也不會說。」

支雄道：「我看他為人做事沉勇多智謀，又有器量，是能擔大事之人。」

王陽道：「他武功不錯，卻不張狂，甚至還有些卑微之相，足見他內心強大。在求見主家這件事情上，他的膽識與氣度超乎想像。」他掃一眼低頭沉思的支雄，隨即問道：「支雄兄弟，不知逯明會怎麼看？」

這也正是支雄想問王陽的話，只是王陽問在他前面了，他抬抬頭，說道：「逯明兄弟是個極有頭腦的人，心裡自有盤算。」

兩人正說著，就見逯明笑呵呵地從老耕屋門蹦出來，兩人上前問他出了什麼事。逯明說老耕愛面子，說等他將養幾日以後，憑他的膽量和霸勢，準能制服訇勒。還說訇勒一直是他手

下的挨打奴，沒見他有什麼詭異功夫。今日挨他一掌，是因為事前沒做防備，若是防備來著，打倒在地的就是他訇勒了。見他仍在自吹，逯明就出來了。

王陽呵呵笑道：「訇勒以前是挨打奴，今日翻過來了，老耕挨了打。」

逯明道：「老耕自感本事大，不等於他真的大。他的悲哀在於狂，這下他狂不到哪裡去了。」

※

又一次目睹了訇勒的出手路數與氣勢，支雄把前後兩次所見加在一起，做了一番添枝加葉的宣揚，很快就把老耕營壘瓦解了。本就同床異夢的吳豫、夔安諸人倒戈過來，圍繞老耕挨打、訇勒拳腳說個沒完沒了。第二天午前歇在草棚下，他幾個又聚攏過去，圍在訇勒和支雄身邊。吳豫近來請支雄講過好幾回訇勒在松門嶺拳打官兵的故事，今又親眼看了他擊打老耕的那一掌，對他的勇武滿心欽服，抬手問道：「訇勒兄弟，你這麼好的功夫，是何只做個奴隸？」

嫌此話說得不中聽，支雄對吳豫使眼色，吳豫閉了嘴，王陽道：「這不是因為世道不公受到壓制嗎，哪天鴻運當頭了，一步登天位極人臣之事也是有的。」

這時吳豫抬起頭，問道：「壓制，你指老耕？」

王陽道：「老耕算個什麼？」他朝吳豫笑著又道：「當朝歧

視胡人，包括羯人，沒有出頭之日。」

支雄仰仰頭，道：「但是話得說回來，想活得有頭有臉像個人，也得自己爭取。不爭取，誰會把鴻運送來給你。」

吳豫聽了俯首拜服，道：「支雄兄弟言之有理。」

旁邊的邅明一言不發。他在想，若能鼓動智勒逃走，既免得天天在田裡挨打，又可能在別的事情上走運，王陽說的光景不就有了。夔安好像度出了邅明的心裡話，道：「智勒呀，我實在受不了了，你帶我們逃走吧；不逃走，會終生為奴。兄弟我也不求到別處有多好的事做，能比當奴隸強一些就行。」

低著頭想了一下，智勒傾身，對夔安說道：「我們都是主家的人，不贖身就悄聲逃走，不怕把你抓回來處死？」

夔安還沒有說話，支雄已伸手堵他一下，自己彎腰過去問智勒：「反出去如何？」

這讓智勒大驚，心想壞了，支雄怎敢把這話撂在眾人面前！他眼顧左右對支雄搖頭，支雄卻不明白，智勒生氣地喝道：「支雄，你休要……」支雄紅著臉，看一眼智勤，低下了頭，快快不快。

短暫的寂靜之中，智勒看見支雄看似要站起來的樣子，料定他接下去要說的恐怕還是要反，趕快站起來施一禮說同枷不習慣孤單，他去看看。邅明眼望智勒朝牛叢塊那邊的路上走去以後，扭過身來猛推一把王陽，兩人肩靠肩坐好，又把心裡話

說出來：「依你看，如若跟隨訇勒做事，將來會是什麼結果？」

　　王陽道：「這人世之事，比同幽微天道，難以一言說盡，然訇勒機智勇略，與眾不同，我想會走出一條路來的。」

　　邎明點一下頭，道：「嗯，你的看法和支雄一樣。」

第七回　要粗席智勒葬同枷　敘前事支雄識好漢

第八回

牛叢塊牧帥聽馬說 待客廳主家釋能奴

第八回　牛叢塊牧帥聽馬說　待客廳主家釋能奴

匐勒走到牛叢塊地裡，正當午時。

他常聽人說穿過牛叢塊旁邊的那片樹林，距離皇家馬牧場就不遠了。之前，他曾幾度想偷偷跑去看看那裡牧養的數千匹軍馬，都因為怕壞了主家規矩而沒有去成。此刻，見大家都還歇在陰涼處，他可以神不知鬼不覺地去一趟。他踩著燙腳的地面，大步流星跨至地沿，即將跳到堨下面的土路上向東奔去時，下面出現了兩個騎馬的人一前一後飛馳而過。他正從背影和坐騎端量後面那人是不是主家師歡，卻見前面的人從騎的黑馬上掉了下去。

後面的人大聲驚叫：「汲公，汲公。」手勒韁彎滾鞍下馬，喊道：「快來人，快來人！」

匐勒聽出是主家的尖厲呼叫，情急之下他應出一聲「小奴匐勒在此」，跳下去攙扶起師歡稱呼的那個汲公。

汲公本名汲桑，魏郡人氏，人高馬大，力能扛鼎，呼吸之聲聞數里，性格殘忍，時為魏郡一惡，百姓多有怨恨。一些人暗中聯合起來，想把他騙出來投入滔滔漳水淹死，為地方除害。魏郡太守不願把事情做得過苛，推薦他做了晉朝皇家馬牧場的牧帥。汲桑與師歡世好莫逆，稱兄道弟，常來常往。今日兩人同往牡邱西拜訪一位現職官員回來，走到牛叢塊堨下這段土路，竟出了這樣的意外。

對汲桑其人，匐勒知之不多，只是遠遠地望見過這位身材

高大、一臉漆黑短鬚的身影。這時候扶了汲桑緩緩抬腳躲到樹蔭下，師歡牽了兩匹馬跟來，問摔傷了沒有。汲桑伸手從腰部摸到臀部，擺了擺手說沒事。訇勒沒有注意他的表情，只是為他拂打倒地時沾到戎裝上的土灰，說道：「馬失前蹄，只是受了點驚嚇。」

汲桑此間才意識到自己左側有一人，轉身看一眼那雙扶在身上的髒兮兮的手，當下驚道：「你？怪不得今日會從馬上掉下來，原來是你這個東西在作祟，滾開！」

趕快過來道歉的師歡，拱手說道：「汲公休怪，休怪，是我叫他來攙扶你的。沒有他，憑我的氣力怎能扶得起你。」

汲桑目不轉睛地盯住訇勒打量，問師歡道：「他是何人？」

師歡回道：「是我的奴僕訇勒，并州刺史司馬騰強行將他賣給我。這幾年一直在為我耕作。莫看他手粗臂黑，不粗不黑的未必是好奴。」

聽出師歡在說自己不可以貌取人，汲桑不由得胸中火氣又霍霍上冒，將要以「你敢小看我不識人」來回擊師歡，這時留在後面辦事的侍兵恰趕路來到。侍兵下來馬還沒有站穩，汲桑一掌就朝他臉上打去，侍兵向左一倒，碰到訇勒身上。訇勒身輕手快，一把抓住那匹黑馬的馬鬃，沒有跌倒。那侍兵瞥一眼訇勒，轉過身來朝自己的馬抽去一鞭子，把無端怨氣出在馬的身上。

第八回　牛叢塊牧帥聽馬說 待客廳主家釋能奴

　　訇勒看見師歡暗暗向自己遞眼色，頃刻意識到是想讓自己說些好聽的話，來緩和一下氣氛。其實，他已經察覺到汲桑打出的那一掌，是把對師歡那番話的不滿轉嫁給侍兵的，侍兵又把氣轉嫁給黑馬，所以師歡此刻不便多言。怨氣頭上的那個侍兵，也不知言說什麼好，只能由他來打破這尷尬的局面了。訇勒伸手拍了拍黑馬前腿板的上部，道：「眼前之事，不是汲牧帥不該走這條道，也不是侍兵沒有及早趕來，更不是我這個小奴有什麼怪異，其根由在馬。」

　　師歡問訇勒，道：「馬怎麼了？」

　　訇勒直白一句：「不祥。」

　　這一聲，使汲桑凜然色變，悍目挺胸，吼道：「我的馬有何不祥？」隨又旋風般呼的一聲來了個大轉身，面對左邊的師歡，右手斜指訇勒：「你看你的奴僕，何等厲害，我說了他一句『原來是你這個東西在作祟』，他竟說我的坐騎『不祥』。牠哪裡不祥，是頭上生出角來了，還是尾巴長到肚臍上去了？師歡兄，他今天要是不和我說個清楚，我可不會因為他是你的耕奴，就不按我的法度處治他。」

　　訇勒躬身施一禮，道：「汲牧帥，小奴敢請您能俯身看看這匹馬的旋毛長在哪個部位嗎？」

　　汲桑暗想，這是有意要難為我嗎？出於自尊，汲桑沒動，只是用下頦示意一下侍兵。侍兵目光滑向黑馬，走過去翻看了

一陣子，道：「一簇旋毛恰旋在前胸心門之處。」

匋勒道：「是的，是在心門。」

原來，在侍兵被打向黑馬脖頸要倒的瞬間，匋勒早一眼看到了這匹黑馬旋毛生長的位置，便敢直指此馬不祥。他仰臉直視汲桑，問道：「汲牧帥聽說過『旋毛在心，於主不利』這句話嗎？」

汲桑沒作聲，只抬腳過去彎腰細看黑馬前胸心門上的旋毛，相信匋勒不是有意耍弄他，尋思幸好今日牠失蹄失在土路上，不然命都懸了。他還在往後怕處想，那個侍兵大聲嚷起來：「你這個鳥潑奴，怎麼敢這般說？汲公堂堂牧帥，多年掌管馬牧場，豈不知這個！」

見汲桑並不阻止侍兵的粗野，師歡也道：「是呀匋勒，對汲公說話不可沒有分寸。」

匋勒一頭朝師歡俯下，道：「是，主家。可是這匹黑馬正應了這個，與主不利之事又發生在眼前，小奴怎敢不講事實，虛言惑汲牧帥？」

師歡稱許地點頭微笑，道：「是不可惑汲牧帥。汲公，黑馬前蹄之失，使你我認識到牠的不吉。從這一點看，也不全是壞事，你無須多想了。再說，你的馬牧場有的是良駒寶馬，回去換他一匹兩匹不犯難吧？」

一直在望著侍兵騎的那匹黑馬的匋勒，抬手道：「不用回

去，這一匹就不壞。」他走到那匹黑馬跟前，踢踢牠的蹄腿，看看口齒，當下轉頭問侍兵：「放著這等肩闊頸寬、背平胸深、肢壯蹄堅的上好大宛馬不給汲牧帥騎，是何偏揀那匹劣馬讓汲牧帥騎呢？」

師歡目光一轉，問侍兵是不是汲桑看不上眼。侍兵傾身靠近師歡詭祕一笑，低低地遞出一聲：「汲牧帥嫌牠放的屁臭。」師歡聽了還在暗笑，侍兵早繃起臉，對訇勒呵斥道：「一個種田的鳥潑奴，懂得何謂大宛馬？」

怒氣漸平的汲桑，向侍兵擺手，說道：「這匹馬是大宛馬，也就是汗血寶馬。」轉過頭來問訇勒：「本牧帥沒有說錯吧？」

訇勒聲氣朗朗，說道：「大宛馬源自大宛國[01]。因為這種馬的皮毛多以紅色為主，又極光亮，在高速疾馳之後，肩膀後慢慢鼓起並滲出汗，像鮮血染了那樣油光閃閃，所以人們稱牠汗血寶馬。」

這樣的回答，令汲桑十分驚異，問訇勒知道不知道這種馬何時傳入中原。訇勒回出一聲「西漢」。師歡看著汲桑微笑的樣子，斷定訇勒答對了，馬上又見汲桑雙眉擰起，像是在重新審視眼前這個髒兮兮的奴隸。就汲桑所知，從西漢張騫出使西域回來說大宛國「多養馬，馬汗血」，漢使便頻繁往來於西域諸國，見到了強健的大宛馬，奏聞漢武帝[02]，以黃金和一匹特鑄金

01　在今烏茲別克費爾干納盆地。
02　名劉徹，漢景帝子，西元前一四〇至西元前九十六年在位，死後傳位給子弗陵。

馬換一匹大宛馬，被大宛國王拒絕。漢武帝聞訊大怒，詔命大將李廣利為貳師將軍，先後兩次遠征大宛，得良等馬五十匹、中等馬三千匹。經過翻越蔥嶺到了甘肅玉門關只剩下八百匹。漢武帝令作〈天馬歌〉，贊曰「馬來，從西極，經萬里，歸有德」，使人先在涼州刪丹 03 牧養繁衍，到本朝先帝時，茌平之地的皇家馬牧場等地也有了這種從歷史煙塵之下走過來的良馬……

這時候，汲桑款款坐到路邊土埂上，問訇勒是在洛陽皇帝御園的馬廄見過大宛馬，還是悄悄地去他的馬牧場看過馬。訇勒回道：「不瞞汲牧帥，小奴早想去您的馬牧場看馬的，只是怕壞了主家規矩，未能成行。方才剛拿定主意要偷偷跑過去看，還沒有離開這塊高臺地，倒逢上您的事了。」

正當汲桑想他不過一介奴隸，沒有做過園囿雜役，又沒在幾個牧馬之地待過，是從哪裡得來這些相馬之術時，師歡道：「訇勒，你是不是少時養過馬，抑或受高人指教過馬道？」

師歡也插進來同一問題，讓訇勒多少有些拘謹，蹙額想了一陣子才說，他家幾代人都是以牧為生。他能夠識馬，得益於他長期與馬為伍累積的經驗。他把識馬歸納為：首看毛色，次辨旋斑。

越聽越覺得新奇，汲桑雙手張起猛喊，道：「停，停。牧帥我沒有聽清，你重說。」

03　今甘肅山丹。

不明白汲桑想重聽哪些，訇勒就把剛才的話又重說了一遍。汲桑笑著頻頻點頭。

說得興起，訇勒繼續道：「看毛色是說毛色有貴賤之別，辨旋斑是牠生長的地方好還是不好，總括起來叫作毛色分貴賤，旋斑主吉凶。」只這十個字，竟說得汲桑、師歡和侍兵三人怔住了，支起耳朵要聽他的「馬說」。訇勒倒又不自在起來，自己何許身分，值得主家、汲牧帥來聽呢？他低頭道：「哦，小奴我實在不敢再往下說了。」

此際汲桑早已丟開了掛在嘴邊的「本牧帥」，急切道：「我還就想聽聽馬的毛色貴賤之分，怎麼不說了？這裡沒有旁人，錯了也不要緊。」

訇勒看向師歡，師歡對他輕輕地點了點頭，但是訇勒還是有些顧慮，低下頭遲遲不敢出聲。師歡為讓他寬心，叫他不用怕，說汲公大人有大量，縱然說得不合實情，他也不至於和你這個小奴隸過不去。

得到師歡的允許，訇勒才又接著前面的話說道：「黃驃馬貴如金，白青馬貴如銀，白驃海騮馬騎者適意。」

汲桑追問：「旋生心門非良駒，那麼生在其他地方呢？」

訇勒道：「倒也不盡相同，有旋在頸，天賜寶珍；額生單旋，戰無不勝；肩扛寶石旋，高貴勝金錢……」

不等訇勒說完，汲桑嘆息起來，道：「我這個牧帥若早遇上

你，大概不會有此一劫了。」他轉向師歡，道：「你這裡可真是個藏龍臥虎之地，養得這等善識馬道之人。我雖在馬牧場許多年，對馬的優劣貴賤雖有所識，但比起你這個小奴隸可差得遠了。那些當朝的官員，如鎮守鄴城的成都王司馬穎派使要我幫他選一匹能適主之意的馬，兗州刺史苟晞也想要一匹可以載他攻戰皆克的馬，我要是有你這個奴隸的相馬術，選一匹白驃海騮馬給司馬穎，再挑額生單旋的馬給苟晞，那才會各取所需，各稱其意。」

師歡拱手道：「汲公過譽了，過譽了。」微笑著招手叫來汲桑的侍兵，對他說：「你騎黑馬先走一步，去我塢堡轉告家臣備一席酒宴，待我為汲公壓壓驚。」

侍兵上馬剛走，從身後又來了兩匹快騎，是馬牧場的兵卒來叫汲桑。兩人下馬施禮說，頓邱太守持詔調取良馬百匹，催汲桑速回馬牧場調撥。

職責所在，不敢有違，汲桑拱手向師歡揖禮，道：「師歡兄，壓驚酒改日飲。」

※

汲桑急急忙忙返回馬牧場，為來使選送良馬事畢，河間王司馬顒都督張方、成都王部將石超又差使索要馬匹。情知這兩方都是私下而來，礙於其主均為惹不起的司馬宗室藩王，不好公然拒絕，明應暗拖過了一兩個月，汲桑才抽身來到師歡塢

171

第八回　牛叢塊牧帥聽馬說　待客廳主家釋能奴

堡。師歡見稟，便服出迎，兩人過禮分賓主坐於客廳，汲桑張口就道：「相交多年，從未求過貴塢主什麼，今日我可要破例了，借你一樣東西，想必不會小氣不借吧？」

師歡中上等身高，黑眼珠白面皮，常帶些笑意，為人處事還有幾分寬和大度的君子器量。他掩口笑笑，道：「我早度出你的來意了，不就是借個人嗎，有何小氣的。你我之間，早已心通行隨了。說『借』，是客氣，不還我也能想到。」

沒料到師歡這般爽快，汲桑不禁哈哈大笑，道：「我還以為你捨不得。仔細想來也是，你家大業大，哪還差他一個。誠然，以農為業的主家，最喜歡的奴僕當是勤苦力耕之人，我聽說智勒像頭牛一樣能受，無怨無恨，你捨得借出？」

師歡臉朝汲桑說道：「汲公，你把他帶到馬牧場，用其所長，亦是好事。」

汲桑道：「因我馬牧場缺這號人，才向你借他。是龍就把牠放歸江河海澤，不可困在一字四口的田裡。」

師歡道：「智勒抱負宏遠，胸懷天下，你必得將他當人看。」

汲桑一口應承下來，催促師歡傳來智勒交給他帶走。師歡點頭答應，剛好家臣迎門進來，師歡問他智勒回來了沒有。家臣回答說他等幾個全是徒步，算里程，如果沒有意外耽擱，也只一個時辰半可到。

眼看天氣已是不早，師歡以晡食和酏醴相待過汲桑，仍不

見匐勒的面。汲桑急躁地瞄了一眼師歡，心裡迅疾閃過一個疑問：他是想敷衍我？

這樣的疑問也只是悶在汲桑肚子裡，師歡此時也有些煩躁。天黑下來，屋裡有點涼，想到後面寢室加點衣裳，又覺得將汲桑冷落在這裡不好，所以款款站起來，在地上趵趵走了幾步。家臣見他步子有些沉重，很想請他與汲桑到鋪榻上稍微歇息片刻，叫道：「主人。」

師歡道：「叫什麼，點燭。」

燭光燃起，借助光亮師歡默察汲桑表情，問道：「汲公倦累了吧？若不累，我陪你再等等。」

汲桑道：「再等等。」

※

受師歡派遣，匐勒去了武安[04]臨水。

臨水有師歡一處莊田，一年四季有上幾十號奴隸在那裡耕作。近兩年，每逢莊稼成熟，占山為王的草寇（當地人稱之為山兵）便跑來爭奪搶收。半個月前，師歡委派老耕帶人前往防範搶掠。來到莊田沒幾天，一幫山兵明火執仗而來。老耕一見提刀執矛的山兵，嚇得掉頭就跑，師歡命塢堡執法部曲按規矩杖罰老耕三十，另派匐勒、支雄星夜趕來臨水莊田。在出迎的奴隸中，匐勒一眼認出了劉膺、冀保。他們是建威將軍閻粹受

04　秦置，在今河北武安西南。

173

司馬騰指使第二批被掠賣雜胡給師歡的，直接分撥到這裡。三人劫後重逢，共同的遭遇使他們悲憤不已。正互相傾訴衷腸之時，又逢山兵來搶，莊田主事大喊大叫，讓所有的人去抵抗山兵。匐勒見眼前的山兵，像走投無路的窮困百姓，不免生出一絲同情，他大聲勸說山兵放下手中的穀物自去，但那些山兵根本不聽勸阻。莊田主事對匐勒說道：「你領眾人衝上去，把山兵統統趕走！」

匐勒道：「小奴是奴隸，不是將軍。」

莊田主事頓時面露怒色，喝道：「你敢不聽我差遣？」

匐勒躬身施禮，道：「小奴不敢不聽，小奴是怕你那些兵丁不服我這個奴隸的指揮。」

莊田主事手指匐勒，面朝眾人喊道：「不論是兵丁還是耕奴，都遵從他的指揮，一起打山兵去。」

得了這話，匐勒出手向前一揮，眾奴隸執杆揮鐮衝了過去，打得那些山兵紛紛逃竄而去。

第二天臨近午時，搶掠莊稼的山兵又來了。

今日的陣容可不同於昨，為首者騎一匹赤色馬，手執一把寒光閃閃的大刀，把莊田主事唬得兩腿發抖，畏怯地倒退一步，把匐勒推到前面。匐勒倒不推諉，手指馬上之人喊出一聲：「來者哪個山頭之主，通個名姓上來，也好回告主家登門造訪。」

那人手中大刀一揮，道：「本寨主不稀罕什麼造訪，只要穀物。」

頡勒這廂不屑一顧地望他一眼，擺手讓眾人退後數步，獨自站定沒動。那人欺他手無寸鐵，揮動大刀直取頡勒，頡勒從冀保手裡奪了一把鋤頭接戰。那人施展渾身解數也沒把頡勒捉住，赤色馬的後腿反倒被頡勒的鋤頭鉤住，馬倒人倒。眾人正要上前捉他，望見又一匹馬匆遽馳來，馬上之人喊道：「是小背嗎？手下留情！」

頡勒收住手中的鋤頭，剛想何人會這樣叫自己，馬上之人嗵的一聲跳下馬來，彎腰相接兩手前拱揖禮。頡勒驚喜道：「啊，桃豹！」頡勒丟開鋤頭執禮道：「桃豹兄弟，你上山為王了？」

桃豹兩頰微紅，與頡勒摟抱了一陣，說道：「是大寨主收留我在山寨入夥，坐第二把交椅，與你格鬥的便是大寨主。」

那次綁架劉背尖的蓄長鬚漢子，糾集一夥官兵入村報仇。桃豹保護父母和劉家父女從村後出逃，追來的官兵把他們沖散。劉氏逃出不知去向，他則到了武安縣界，飢困病倒在路旁，被山兵劫到山寨。昨日逃回山寨的山兵說，師家莊田來了一個高鼻深目的高手，山兵們都不是他的對手，今日大寨主留桃豹守寨，自己親自出馬。送大寨主出了寨門，桃豹思忖山兵形容的那個奴隸的樣子會不會是小背？若是，寨主恐有性命之

憂。他即刻騎馬獨自趕來，方與訇勒在此不期而遇。

　　大寨主本名張噎僕，在桃豹引見下與訇勒見禮。訇勒又把桃豹介紹給支雄、劉膺、冀保。不打不相識，訇勒提議讓莊田主事將二位寨主請到酒宴上，雙方訂下君子協議，山寨承諾今後不再搶劫臨水莊田。

　　桃豹臨走，訇勒託他去找找劉氏，桃豹答應一定替他去尋找。

　　桃豹厴從張噎僕回了山寨，莊田日子過得平和安然。有一天眾奴隸在場裡打穀物，背後來了幾個官兵，以通匪罪將訇勒捆綁到樹幹上，拷打逼問。冀保撿起一根連枷朝官兵打去，官兵連他也綁了。支雄進見莊田主事，求他差人騎馬報與師歡。師歡看了莊田主事寫給他的手書，立命家臣快騎直驅臨水解救訇勒，倒又不知訇勒此時去向，只找回來了冀保。原來訇勒被綁走的當天半夜，官兵對莊田主事說訇勒逃跑了。

　　家臣命莊田主事讓眾人去尋找訇勒，在一汪湖水旁的漁人那裡找到了他。原來官兵把他打昏以後扔進那個池子裡，多虧漁人搭救。

　　家臣問訇勒哪裡來的官兵。訇勒心裡有底，只不便一言點破。那家臣這時候倒想到了老耕，問道：「是不是老耕？」

　　訇勒回道：「聽那幾個兵說，這小子鑽進水裡，過不了幾天連屍首都沒影了，那師歡不還得倒回來器重老耕。這樣老耕便

好把那些苦受奴拉過來，說不定這一百條壯漢會成為將軍舉事的甲士。」

家臣聽得驚駭不已，怒道：「這老耕與兵匪暗通款曲，會出大事的，我得趕快回去。」他出自弱勢之家，在無法生存的情況下，拜在師歡門下。儘管頭頂家臣一職，仍是師歡家的門客，師歡若有個好歹，自己定然失去生活依附。他當即扯了莊田主事一條衣袖，備馬返回。

※

遵從師歡家臣的限期，訇勒與支雄往茌平縣回走的路上，與鎮守鄴城的遊騎相遇。數騎官兵怪訇勒不躲避，爭相圍來將他捆綁帶走。這時有一群麋鹿從旁奔跑而過，那些官兵看見鹿群，嘴饞得想吃烤鹿肉，把捆綁的繩子一頭掛到小樹杈上，競相朝鹿群追去，訇勒趁此逃脫。

訇勒正迷惘此處何來鹿群之時，一位長髯老翁騎鹿而來，對他說道：「適才之鹿群者，是吾所驅使也！今天下洶湧，正當英雄用武之際。天予不取，反受其咎，願君速決。」

聞聽此言，訇勒當即跪地恭敬拜道：「謝前輩高看訇勒，伺機而舉。」

支雄迎頭見訇勒剛才喜顏悅目，卻又倏然凝重了神色，便道：「你知道你身上有著多少人的期望嗎？請你做個決斷，帶領大家往前闖吧，再拖下去，只怕眾口不一，胡亂猜疑，貽誤良機。」

匐勒只是搖頭，道：「支雄，你太抬舉我了。我匐勒只是一個山溝裡種地出身的草民，快不要再說這事了。」

※

僕童領了匐勒朝客廳走來，一干家丁抓了兩個奴隸又罵又推搡進了客廳，按住頭強迫兩人面對師歡跪下，讓師歡發落。原來今天微黑時分，守衛塢堡的家丁發現兩個人影鬼鬼祟祟潛入師歡寢室，他們口喊「有賊」，跑進去將兩人捉了。

師歡問偷了什麼，家丁回說沒有從他們身上搜出任何東西。

師歡命貼身侍僕去看看屋裡是否丟了什麼財物。那侍僕很快返來稟告，屋裡所陳物件樣樣不少，只是板架上的木匣搬離了原位，匣蓋打開了，至於少沒少東西，他不敢肯定。師歡讓貼身侍僕站到一旁，自己剛要出言詢問，匐勒跟在領他的僕童身後邁進門來向他行禮。汲桑看見匐勒，要帶他回馬牧場。師歡出手虛擋一下，讓汲桑穩坐勿躁。家臣傾身附耳勸師歡把兩人交給塢堡執法的人去懲治，師歡不同意。家臣的話被旁側的家丁聽見了，叫道：「竊賊，不打不招供。把他交給我們，看他招不招！」

師歡陰沉著臉問下跪兩人，道：「說，偷了什麼東西？」

兩人剛直跪地，道：「什麼也沒偷。」

師歡盤詰再三，兩人口風始終咬得很緊，概不承認偷了任何物品。原本不明就裡的匐勒，至此聽出被審問的是逯明、吳

豫，他們會偷什麼呢？訇勒從後面朝前湊了湊，向師歡深揖一禮，道：「主家，我回來了。哦，能允許小奴問他們幾句嗎？」

家臣冷眼望向訇勒，道：「主家都問不出來，你逞什麼能！」

師歡一伸手，道：「讓他問。」

訇勒又向師歡行了一禮，轉身問兩人：「逯明、吳豫兄弟，抬眼看著我，如實說，是不是私下摸進主家屋裡去了？」

逯明臊紅的臉俯下去，回道：「是。」

訇勒瞟視師歡一眼，又轉向兩人，道：「那你把主家的東西拿出來，物歸原主，聽候主家發落。」

逯明挺身亢言，道：「你還講不講事實，我們摸是摸進主家屋裡去了，並不曾拿得任何財物，你叫我們把什麼還給他！」

訇勒道：「那你們何以要趁天黑摸進主家屋裡去呢？」

停了片刻，逯明很不情願地說：「拿一樣東西。」訇勒追問拿什麼東西，逯明把語意一轉，道：「這個，哦，我不能說。」

客廳鞠問的事與汲桑沒有什麼關係，他也不願沾那個邊，只是坐等帶訇勒走。這時候聽了逯明的話，多心起來，他站起來，拱手道：「他恐怕不願對了我這個外人說，我迴避。」

師歡抬手招呼一聲：「汲公且坐。」但是汲桑又把手拱起，師歡忙抬手一擋疾轉視逯明，道：「說吧，只要屬於你該拿的，我可以原諒。」

訇勒道：「主家都放話了，你還顧慮什麼？」

　　逯明望望訇勒，頭緩緩下低，道：「我們本想尋見你的賣身契拿出來，可是沒有尋見。」

　　聽了這話，訇勒的臉一下子拉得很長，問道：「啊？我的賣身契，我已賣給主家了，與你們何干？」

　　吳豫一斜臉憤然接口，道：「我與逯明背了盜賊罵名去尋你的賣身契，你倒說這等沒有良心的話！你也不想想不拿出賣身契，何以能使你獲得一些自由？哼，只可惜時運不濟，驚了那些家丁。」

　　想弄出訇勒賣身契蓄謀已久，只是他們深知訇勒不會允許身邊人偷偷摸摸做事，就選擇了訇勒在臨水未歸、師歡陪客人的絕好時機下手。兩人商定拿到契約以後，趁訇勒夜間熟睡暗暗塞入他的衣袖，假天意所為，不露自己所行之功。不想所謀未遂，反使訇勒有口難言。吳豫暗怨訇勒不該這時候回來，更不該來問這件事，眼看訇勒猛向外揮手，道：「你你你……出去！出去！」

　　訇勒沒有走開。他想，他們幾個盼他早日脫離奴隸身分，可自己是司馬騰那廝賣給師歡的，有字有據。主家放不放，決定權在主家，不是偷來可以算數，怎麼能去偷呢？眼望逯明、吳豫，訇勒一轉身撲通跪倒在地請罪，道：「主家，此事是小奴訇勒指使他們去做這等不光彩之事的，是打是罰，全由小奴一人承擔。」

逯明、吳豫搖著手，說道：「不是不是，不是訇勒授意，是我們自作主張去的，願領受主家任何罪罰。」

　　師歡內心已為兩人義氣所動，不管訇勒如何臨事攬過，都改變不了他對既有事實的看法，於是他說道：「訇勒，羊毛長不到牛身上，不是你的事你想攬也攬不到自己頭上吧？」伸手虛扶訇勒站起，從懷裡掏出賣身契展給逯、吳兩人看：「他的賣身契在我身上，你們如何能從木匣裡拿得到它？我今日帶在身上，是應汲公之需，答應把訇勒借給汲公去馬牧場做事，我以主家身分同意了此事。訇勒，在你離開之前，當了汲公和眾人的面退還給你此契約。從此刻起，你就不是我師歡家的奴隸了。」

　　吳豫為師歡今天如此開明而感動，又怕訇勒不接，慌得一面兩眼緊緊盯住師歡手上的那份契約，一面叫著訇勒的名字早把手伸了出去。逯明把他的手按下，讓他重又跪好，但他一直在偷看訇勒。師歡呵呵笑道：「不用慌，我師歡一言既出，豈能反悔？」

　　師歡把那份賣身契放到訇勒手裡，說道：「你現在可以跟汲公走了。至於逯明、吳豫，實有盜契約未遂之嫌，今且不論處，以觀後效。若再有過錯，二罪並罰。起來吧。」

　　訇勒手捧賣身契，道：「聽說司馬騰賣我拿了大價錢，小奴我怎可以這樣走掉呢？」

第八回　牛叢塊牧帥聽馬說 待客廳主家釋能奴

　　眼望汲桑的師歡又笑笑，道：「承蒙汲公抬愛匐勒，我師歡也不能死抓住你不放呀。匐勒，你還夷猶什麼？還不趕快謝過汲公。」

　　見逯明、吳豫直向他使眼色，匐勒這才復又跪下撲通撲通叩頭，道：「小奴匐勒來到塢堡已是蒙恩既多，今又得主家釋小奴賣身成奴之契，小奴我謝主家，謝主家。」隨即把頭一轉朝向汲桑，拜道：「謝汲牧帥願使小奴匐勒到您的麾下做事。」

　　這樣的場面也感動了汲桑，他離座彎腰把匐勒扶起，道：「說聲謝就可以了，快起來。」隨即面對眾人拱手揖禮說，他想藉此場合為匐勒改個名字。

　　匐勒道：「小奴我已經有名字了。」身子一轉指著門外院子裡豎在水池邊的一塊大石頭說：「我姓石名勒，叫石勒。」

　　汲桑笑道：「你指石為姓，比我想的姓氏好得多，就叫石勒吧。」

　　石勒之名由此而始（之後又得字世龍）。

第九回

十八騎馳騁冀州地 二弱婦尋親問澧水

第九回　十八騎馳騁冀州地　二弱婦尋親問澧水

　　脫離奴隸身分來到馬牧，是石勒命運際遇的一大轉變。

　　這天石勒牧馬於馬牧場西南草甸之地。草甸幅員廣大，一直跨到古河水灘岸邊緣，茫茫無涯綿延數十里，均為汲桑領轄之下水草豐盛的牧場。馬群埋頭覓食，石勒找一處略微高的地方坐了，一邊反覆思考如何讓支雄勿躁動，一邊把抓在手裡的小石塊，一塊一塊往不遠的水坑裡丟，偶然望見草叢間鑽出的雛鳥，與天空幾朵閒散恬淡東移的白雲同向飛去，一隻，兩隻……

　　停了丟石塊，石勒死死盯著那處草叢，等待第三隻雛鳥向外飛，不覺一陣困倦襲來，兩腿一展仰臥下去。朦朧間，他對娘說今日又聞戰鼓號角之聲了，因為他從小時候起就經常能聽到這種聲音，所以娘仍像往常那樣用「是耳鳴，非不祥」的話來寬慰他，他卻說照孩兒看來，是鼓鉦催征。言猶未盡，陡見所牧之馬湧動奔馳而起，通體披甲的他唰地振臂一揮，好似萬千金戈鎧騎迅猛向敵陣衝去……

　　其間他被一把推醒，睜眼一看，見桃豹、支雄站在身邊向他施禮。他伸展一下身軀，說道：「你們好生無理，攪了我的好夢。」

　　支雄略帶笑意，彎腰問道：「夢見什麼了？」

　　石勒翻一下身，又閉上了眼睛，沒有理會支雄。

　　支雄連聲嘆氣，指指石勒，對桃豹道：「他來到這裡怎麼就……」

桃豹伸手堵他一下，道：「你灰心了？」

支雄道：「我怎會灰心呢，是焦急。」

桃豹道：「對，不要灰心。他在我家鄉養傷那時候，我與他有過多次交集，後來在臨水做過長談，其志向非你我之輩所能臆斷，此間也許在潛心謀劃如何實現他的抱負。」他轉臉狠盯石勒一眼，大聲說道：「虧你沉得住氣，司馬宗室諸王同室操戈爭權於宮廷，流民大潮狂瀾席捲中原，天下擾攘不寧，你倒睡得這般安實。」

桃豹吵架似的發急言辭沒有說動石勒，他暗自輕輕一嘆，彎腰推開石勒身邊的馬鞭和炒豆乾糧，屈腿坐下，想這石勒不是沒有思慮過帶著人馬奮力一拚，也許是在觀望反晉潮流走向再確定自己如何行動。這時如果說他只管自己到了馬牧場，不顧眾兄弟們的出路，只怕他面子上會下不來，強自一笑，說道：「支雄兄弟對我說了，說你以為那個呆皇帝本身並不驕奢淫逸，只是馭國無能，王道式微，禮儀廢弛，出現佞臣專權妄為、官府官兵擾民害民之行，不願以此揭竿而起，可也得像天下諸多義士豪傑那樣，為茫然無著的眾多流民的活路想想吧？」

支雄也道：「是啊，是啊，我們一路上想的說的，都是這個，現在只看你是什麼主意了。」

石勒坐起來，說道：「我何嘗不憂慮那些流民的生死，有可能我娘、劉氏和劉膺、冀保的爹娘都在那裡面呢。」

　　見石勒的話懇切，桃豹當下臉現喜色，上身朝前一彎抓住石勒的雙手，道：「小背，哦，錯了錯了，如今當叫石勒了。石勒，聽你的口氣你想通了？」

　　石勒很想呵斥他幾句，又覺得桃豹精明忠實，為人處事不錯，他默自壓一下升騰的虛火，把目光聚集在桃豹臉上，道：「想通了什麼？」

　　桃豹被問得一怔，兩眼發愣看了一下石勒，又瞟了瞟支雄，見支雄也怔在那裡。石勒此刻最焦急的，是去尋找他娘。如若這時就露頭露臉起來造反，成為當朝的公開寇敵，尋娘路上會很不方便。他不滿桃豹、支雄這般催他，說話帶氣，惹得兩人不悅。眼下司馬宗室諸王打得你死我活造成的朝野混亂舉事看似可以，然他們只有幾個人，面對的是整個晉朝軍隊。明知不可為而為之，沒有不敗的，所以他安慰兩人：「眼下局勢還不能操之過急。」

　　桃豹知道這不是石勒的心裡話。石勒這樣說，旨在讓他們「降溫」，於是從旁鼓氣，說道：「事之成敗，皆若有因。憑你的智勇，沒有不成事的。一旦失敗了，大不了像張噎僕那樣上山落草，也是英雄所為。」

　　支雄剛張嘴要接下去說些什麼，石勒抬手制止了他，道：「倒可以這麼想，只怕到時候連落草的路都讓官兵堵死了，又當何如？」

桃豹眼望支雄，道：「是我們想得單純了，此事必得眾人一心，是不是把兄弟們召來一起討論？」

　　石勒稍做遲疑，道：「召集來有什麼好，還不夠火爆子一人攪和。我常說他像個沒把錘子，讓他一攪，眾人勢必輕率冒險行動。不行，這是拿人頭賭輸贏的事，你幾個既想跟隨我，必得聽我的。」

　　「聽我的」，隱下了石勒今後行事的全部祕密。桃、支兩人看著石勒那張堅毅的臉，沒再說什麼，石勒又道：「我想近期回并州一趟尋找我娘，略盡人子之孝，還有什麼想法，待我回來……」

　　遠處一聲「有人搶馬了」的吆喝，打斷了他們的話，石勒站起來張望一眼，道：「你們快起來，隨我去看看。」石勒拽過一匹馬騎了，朝喊叫的方向奔去。桃豹、支雄跨上來時騎的馬，撒開韁彎直追向前……

　　※

　　汲桑坐在帳裡，正與幾個部屬笑談，守門兵卒撩帷向裡通稟道：「石勒要見汲牧帥。」

　　汲桑朝門口招了招手，石勒進來帳裡一句話沒說就往下跪。汲桑問他：「何故下跪？」

　　石勒求告道：「自襄垣路途與我娘失散，至今不知她的死活，求汲牧帥允我回武鄉北原看看我娘是不是返回了老家，盡著一月之期，事畢即歸。」

汲桑當即點點頭。道：「你有此孝心，本屬好事，我豈能不從？自去選一匹相中的馬，騎了去吧。」

石勒道：「一匹不夠，請汲牧帥再借給我兩匹吧。我在臨水見到了劉膺、冀保，兩人與我同村，也有年邁老娘，想相跟回相跟來，有個伴，一路不孤。」

汲桑讓部屬把石勒扶起，道：「一場奪馬大戰，你為馬牧場奪回一百多匹馬，還差你再用兩匹！去選吧，馬歸你了。」

石勒騎一匹雜交汗血驪駒[01]，手牽黑黃兩匹跟在驪駒的後面，出了馬牧場不遠，拐向西北通往師歡塢堡的土道安矕徐行。走到牛叢塊地沿下面，目光閃現著與汲桑在此見面的情形，一眼看見支雄站在前面，當即下馬施禮，道：「你怎麼在這裡？」

支雄拱手笑笑，敷衍過去。

石勒道：「是不是又和上回一樣，一個人偷偷跑出來了？」

支雄道：「這回不是一個人。」

說出這一聲以後，他轉身向不遠處的茂密野草那邊晃出一個手勢，遂見桃豹、王陽、逯明、吳豫、夔安、劉膺、冀保等撥開草叢出來，站到支雄兩邊排開，聲稱願隨石勒同往武鄉北原。

石勒斜一眼支雄，而後挺身站立，威顏旁視。

01　黑鬃黑尾的紅馬。

半晌不見石勒說話，慌得有過山寨經歷的桃豹，胡亂做了一個跪的動作。眾人會意，解頻寬衣，袒露右臂，撲通撲通跪下一片，道：「吾等願一生奔波效力於石勒馬前，至死不渝。」

　　眾人齊集這裡，一者欽敬石勒其人有節，勇武而有智略，像一團火苗一樣燃燒著希望，讓人情願追隨；二者與桃豹、支雄有關。他們從馬牧場回到師歡塢堡，桃豹從山寨拿錢去贖眾人。師歡不從，還把支雄關進草屋看管起來。到了子夜，桃豹帶人把支雄劫出，來到這裡等石勒過來跟他一起走，造成既成事實的起事之舉。這使石勒陷入兩難境地 —— 不帶眾人走，又不能讓他們再回去做奴隸；帶了一起走，又會對不起主家師歡，石勒的氣就生在這裡。他猜出拿主意者可能是桃豹，偏偏叫出支雄的名字，問道：「支雄，是你把眾兄弟聚來的？」

　　緊靠支雄跪著的桃豹引背伏地，道：「是我的鼓動。」

　　石勒彎腰勸桃豹起來，支雄卻道：「此過在支雄，是我沒和你說，自己做主把眾人帶到這裡來了。」

　　氣頭上的石勒說道：「爾等連我故里看娘回來都等不得了？用袒臂來……這裡除了桃豹都是主家的人，我這麼悄無聲息帶大家走了，日後還見不見主家？」

　　眾人知道輸了理，都不敢多言，唯有支雄代人受過做了一番自責，問道：「你說怎麼辦？再回到田裡工作去，那些打人打得上了癮的東西，可不會輕饒我們。石勒，我幾個還可以勉

強受得了幾頓打，就怕逯明、吳豫二罪並罰，性命難保呀！」

支雄說罷，垂頭呆在那裡，桃豹眼瞪石勒，道：「已經準備與官府作對了，還怕惹下一個師歡，絕不能再回去。」

王陽道：「既然出來了，哪有再回去的道理。」

石勒與支雄、桃豹諸人殊途同歸，經歷不同，心性各異，但命運把大家連在了一起，也不忍他們再回去挨打，石勒招手讓眾人起來隨他一起走。行至廣平地界[02]，發現一個女嬰被摔死在路上，路邊的地裡躺著兩人：一個老嫗已死，另一個漢子脖頸流血，還有氣。待救醒以後，漢子看了一眼已死的老娘，掉頭去追趕匪徒劫走的妻子，沒走幾步，摔倒在地，手指向一條岔道又昏了過去。

對此慘景，眾人憤憤不平，順了岔道向前追趕出二十來里路，遙見一處版築土牆塢堡門前有人正把一個女子往裡拖拽。幾個人趕過去爭搶這女子，一個披甲執矛跨馬而來的人朝石勒他們看一眼，冷笑道：「幾個雜胡也想打這美嬌娘的主意？」

聽他罵出雜胡，火爆子冀保抽出劉膺腰間別的短劍（別人都沒帶兵器）衝上去要殺那馬上之人，卻被對方捉住。石勒猛撲過去，把那騎馬人打下馬來，夔安搭步上前綁了。

此人是這座塢堡的二主人，人送綽號賴二。賴二之兄是廣平郡統領兵馬的護軍。賴二帶的兵，便是這位兄長私下派來護

02　此指廣平郡轄地，廣平郡治此時在今河北雞澤東南。

堡的。因此，在百姓眼裡，他的兄長也不是個什麼好東西，也就自然而然按排行稱為賴大。

　　家臣見二主人被捉，嚇得求告石勒以人換人。卻沒防備冀保往回跑中一支暗箭從塢堡射出，王陽掃見，疾叫冀保躲箭，冀保往旁邊一閃，雙腳像踩在光滑的冰上那樣哧溜一聲滑向左側，箭從右面飛過。這種企圖暗算人性命之行，令石勒十二分惱火，下令過去殺操弓發矢的射手和幕後的指使者。夔安奪了一把刀扎住賴二胸口，逼他交出射箭之人，賴二拒不配合。夔安冷哼一聲說他抵賴，手一用力，賴二就被捅死了。賴二的家臣、侍僕和兵卒操了兵刃一起反撲過來，桃豹見這情勢，急問石勒撤不撤。石勒還在猶豫，冀保、夔安已大開殺戒。待石勒下令不可傷及無辜時，早已被他們殺死十幾個人。石勒嘆息一陣，把女子還給她丈夫。沒有坐騎的人牽出這座塢堡的馬，每人一騎繼續往前走出數十里，遇到一哨官兵攔住去路。

　　經打聽，率領這支官兵的竟是賴大。

　　賴大得到家臣所報賴二死因後，帶著非常吃驚的神情望了望門外，憤然領了五百兵馬來為其弟報仇。他一手提畫戟[03]，一手指石勒，問道：「家臣對我說，你是殺我二弟及家人的那些暴徒的首領？」

03　古代兵器，是矛和戈的合體，既能直刺，又能旁擊，還可橫鉤，為春秋戰國之後徒卒和騎兵使用的主要兵器之一。

石勒敢做敢當，道：「我是。」

賴大的臉高揚一下，道：「能殺我弟者，諒來武藝出眾。你若能擋我三戟，可放爾等過去；擋不了三戟，留下你項上人頭。餘者不問，放馬過來吧。」

是時石勒一干人都有了兵器，只是除了劉膺在那塢堡打鬥中白手奪來一支長槍外，其餘都是短刀和劍。夔安、支雄執刀在手，問道：「怎麼辦？」

石勒一雙深目餘光一閃，早把對方兵力洞察透了——明擺在賴大身旁的有十騎，兩邊暗伏的弓箭手在隱隱約約地晃動，這陣勢告訴他，只能逃，不能戰。他叫過夔安、王陽，讓兩人從右側土埡後面迂迴過去，各抓了一名執箭的兵卒回來殺死，取了弓箭，只等逃跑時一人射賴大的馬，一人射人。又叫來支雄、桃豹預備掩護眾人原路回跑，一個兄弟都不能落下。一切安頓妥當，他抬頭對賴大道：「除了應你三戟碰碰運氣，我沒有別的出路。因為是馬戰，則需要你我的人各後退五十步，閃出中間一塊空地方好交手。」

賴大道：「爾等已在我包圍之中，還怕跑了不成！」他把手向後一擺，命他的人：「退五十步！」

緊接著石勒也說一聲「退」，隨即轉馬朝支雄、桃豹使個眼色，兩人護了眾人回跑，待賴大反應過來，眾人已跑出幾十步之遙。見後面官兵追來，夔安、王陽連發數箭，賴大的馬倒

地，隨從者忙於救賴大，只有兩騎揮動兵器追來。石勒還是不想此際就與官兵為敵，又怕自己逃走了，官兵去追殺支雄、桃豹他們幾個，只好橫下心來從劉膺手中拽出長槍迎將上去。支雄、王陽、桃豹、逯明也返回憑手裡的短刀助陣，拉開了武力反晉的第一戰，把那追上來的兩將打得一死一傷。這時又有三將帶了一哨兵卒衝上來，兩方混戰廝殺中終因自己人少，石勒率眾敗退逃走。

石勒返回馬牧場，帶著支雄去看望師歡，把於路劫獲來的一些財物獻給他。師歡託病躲避不見，讓家臣帶出話來，錢財暫且收下代為保管，支雄、王陽諸人可以帶走，然而要護衛本堡不遭受外來搶掠。

石勒知道師歡有氣，也沒辦法說什麼，只與家臣過禮離開。

※

為打抱不平引發的北去遭遇戰，把石勒逼上了公開反晉的歷史前臺。這名聲一出，又有不滿當朝政令的郭敖、劉徵、劉寶、張嘻僕、呼延莫、郭黑略、張越、孔豚、趙鹿、支屈六等十人站到石勒旗下。他的部伍由八騎增至十八騎，號為「飛天十八騎」。

還是八騎的時候，石勒是公認的頭領。現在增至十八騎了，誰來當頭領？在魏晉軍閥豪強爭鬥戰亂誰都想當老大的那種年代，桃豹生怕這個草創的小小人馬陣營的頭領落到別人身

上，搶先站出來發聲，道：「與賴大兵馬的短暫交鋒，顯示出你石勒勇武智略殺伐決斷的不凡，是天才的統帥者，理應是十八騎頭領的不兩人選，就不要謙讓了。」

桃豹一錘定音。眾人見桃豹目光堅定地看著他們，一個個都「石勒頭領，石勒頭領」地歡呼起來，石勒成了實至名歸的頭領。憑他的影響力和號召力，率領眾人騎上從赤龍皇家馬牧場搶來的優等駿馬，北襲高唐，西擊天臺，來去倏忽，馳騁冀州之地，襲擊官府糧倉和地方惡強，所得財物一部分留作自用，一部分送給馬牧場，以鞏固與汲桑這個軍方勢力的關係，萬一官兵來襲，也好請他做些庇護。

看了石勒送來孝敬他的諸多物品和加入他馬群的馬，汲桑把石勒敬為上賓，說道：「前幾天我拿了你送來的物品去看過師歡兄，他讓我好好待承你。說吧，你需要什麼，儘管開口。」

石勒道：「謝汲牧帥關懷石勒，謝主家不忘石勒。我已經打擾汲牧帥不少，可眼下尚無立足之地，我的人馬還得在您這裡待些日子。」

汲桑道：「一家人不說兩家話，我的馬牧場就是你十八騎營寨，安安穩穩地待著吧。待下來，再為我囤積些東西。」

他想要什麼？石勒這樣猜想的時候，汲桑一臉神祕地湊過來，低低地遞出一聲：「糧。」

石勒道：「您要養兵？」

汲桑警覺地猛一咳，道：「養……養……你幫我趕回來上千匹馬，馬多了，牧養與看管的人也得增多，不都得吃糧。」

雖然汲桑極力掩飾，卻騙不過絕頂聰明的石勒。石勒聽了，度出汲桑要以這個為藉口，堂而皇之地養兵。在此亂世，有兵就是草頭王，說自保可以自保，說起事可以起事，一個牧帥竟也這般謀劃了。好，你借我之力弄糧養兵，我以你之需為名多囤積些糧食，以備將來擴充兵力之用。想到這裡，石勒心照不宣地呵呵一笑，道：「是是是，都得吃。汲牧帥，您說個數吧，要囤多少？」

汲桑做牧帥，已經做膩了，提出到州郡當牧守，鎮守鄴城的皇族宗脈平昌公司馬模始終不肯為他通融，汲桑一氣之下萌生了擁兵割據，用實力威逼朝廷為他封官晉爵的想法。爾後，漸見世道大亂，汲桑便想起兵反叛。他已命心腹兵卒築了隱蔽的儲糧場地，說你能送多少，就要多少。

答應下汲桑的要求，石勒與他作別回到駐地。支雄、冀保領著人去攻打茌平縣城，被守城的兵馬打敗。石勒騎馬疾馳趕到擋了一陣，把眾人救回，一面說以我們現在力量單薄還不能打那樣的大仗來穩定躁動的情緒，一面用劫掠來的錢財為眾弟兄們製作了服飾，人人一色平巾幘、絳衣、跗注[04]，配備了精良

04　平巾幘，亦稱平幘、平上幘，是一種平頂短耳包頭巾，通常用於武官、侍衛，流行於漢魏時期。絳衣，指深紅色軍服。跗注，是用茜草染製的赤黃色織物做成的類似今天褲子一樣的下裳，拖至腳背。

的兵器，率領他們向周邊幾個官府的儲物之地劫去，不久就囤積了大量的糧食，除了堆滿汲桑的儲糧之所外，石勒還在馬牧場東北面築了一座城堡，存放糧食和軍械，他的兵營重心也一步步轉移到了這裡。

一天傍晚，石勒一行從外面歸來，看見地上有一個抱槍而臥的人呼呼大睡，問這裡怎麼睡了一個人。守門的兵卒說這人是八天前來的，口口聲聲要見十八騎的頭領。兵卒們說頭領不在，他就臥在這裡等待。當天夜晚，來了三百多搶糧的兵馬，就是他揮舞著一杆長槍，神出鬼沒地把那些兵馬趕跑了。

王陽吩咐兵卒把那人叫醒，領他來到石勒面前，那人彎腰相接兩手前拱行禮，道：「拜見替我報了深仇大恨的十八騎頭領。」

這一稱謂讓石勒多看了他一眼，只見他散亂的頭髮下，露出半張方正的臉膛，髒兮兮的兩腮短鬚上接鬢髮下連鬍鬚。只見他身長八尺，魁梧奇偉像尊神。端詳半晌，石勒才還禮將他讓到客位，問道：「你是來找我的？」

那人點頭道：「是。」

那人自報家門，稱自己是魏人，姓孔名萇。本為蓽舍小戶耕田農夫，上年九月，賴二率領官兵到他家鄉強行圈占了他家的土地，還打死了他爹娘，燒毀草房，把他趕出村外。他借錢買了兩口棺材入殮埋葬了爹娘。賴二又帶兵來捉拿他，被迫外

逃。本想結交武勇報仇，均因懼怕賴二，沒有人敢與他聯手。後來看到緝捕告示，方知畫像之人替自己殺了仇家，悄聲尋訪到這裡。他取下背後的包裹，抖出六張畫有石勒頭像的白帛，雙手捧起呈給石勒，說他偷偷把張貼在相鄰郡縣的這些告示都揭下來了。

眾人覺得孔萇還挺有膽量，連官府告示都敢揭，逕自圍過去看，見肖像下方寫道：「有報來該罪犯姓名居所者，賞二百錢；捉得者，賞千錢。」

※

聽逯明唸了以後，石勒呵呵笑道：「我這條賤命，價格還不低啊。」遂又看向孔萇，問他：「可願意與我們合夥做事嗎？」

孔萇道：「你我比武。你勝了我，我就投靠你，死心塌地做你的屬下；我勝了你，代你做十八騎的頭領，你在我麾下做將領。」

見他無禮太甚，支雄上來就是一掌。孔萇毫不退讓，還了支雄兩掌。支雄反撲過來又是一掌，夒安半空沒有攔住，桃豹撲上來從背後把支雄兩臂抱住，悄聲對他說且讓夒安與他過幾招看看。夒安見桃豹硬把支雄勸過一邊去了，轉身面對孔萇斥道：「你休出狂言，我來與你比，你若能勝了我，再與頭領比試也不遲。」說到這裡，他才轉臉看石勒。

石勒點頭默許，先賞給孔萇一匹馬，又命兵卒點燃兩排牲

油鼎，土院裡光照如晝，兩人當場矛槍並舉，惡戰起來。夔安長矛覷定孔萇前心便刺，孔萇一斜身用槍將矛撥出，轉槍直戳夔安。只這一招，石勒便看出孔萇的槍法絕妙。當然夔安也沒因此而失去還手之力，靈活揮矛還以顏色，將士們拊掌叫好。

　　站在眾人前面的石勒不時擦擦眼睛，觀看這場比試。他不想讓夔安不勝，也不想使孔萇落敗。如果夔安敗了，那會為十八騎的兄弟帶來不好的聲名，但他也覺得這孔萇在處置搶糧兵馬和比武這兩件事情上的才能、器識與勇武，可以看出自己手下的人沒有一個比得上他，若是敗了，會忌恨十八騎而去投靠別人，將會成為自己一方的對頭。智勒想要終止兩人的比賽，孔萇已撥馬站到旁邊，向夔安拱手道：「不比了，不比了，人說十八騎個個武藝高強，今日一試果然如此，足見頭領的武藝必在孔萇之上，我自愧弗如。」他跳下馬，走近石勒道：「真人不說假話，孔萇聽外面傳言十八騎的頭領是個上馬能打仗、下馬會種田的神武賢能之人，就慕名而來，想證實一下頭領是不是當保之主，絕無奪頭領尊位之意。以此來看，孔萇沒有投錯主。」他把槍撂給一個兵卒，伏地朝石勒一拜，說道：「如果頭領不忌恨孔萇方才出言不遜，我願歸麾下。」

　　石勒喜得一員大將，滿面笑容移步彎腰攙起孔萇，對他禮遇有加，設宴款待，又很快募集來千餘士卒，交給孔萇和王陽在城堡訓練，自與十八騎專揀賴大所在的郡縣往返襲擊，無意

中撿到一塊白帛，上面繡一幅圖──〈樹門圖〉。

　　逕自站定凝視這幅繡工精美的圖案，石勒當下想起劉女畫在劉家院裡土地上的〈樹門圖〉，圖的結構形體和這個一樣，難道劉氏又把它繡到帛上去了？石勒拉過桃豹，問道：「見過這樣的圖沒有？」

　　圖的出現也令桃豹十分驚訝，問道：「這是夫人繡的圖呀，怎麼會在這裡？」

　　石勒緊皺眉頭，搜索周圍地面，道：「我也以為奇怪。」

　　桃豹站著環視一圈，道：「我那年回去找她，村人說自那次被官兵沖散逃走以後就再沒有回去過。莫不是她也來到此地，不慎丟失，還是被賊人搶掠拋棄？」

　　是時石勒眼裡除了淚水，全是劉氏的音容笑貌。他急命桃豹尋找，自己也跑上山梁騁目而望，找尋一天多也沒有尋見劉氏，最後留下桃豹、劉膺化作商賈遊鄉串戶，繼續查訪其下落。

※

　　撇開石勒留下部屬繼續尋找劉氏之事，轉接石勒娘王氏那天在襄垣松門嶺敦促石勒逃跑以後，相隨的村人被官兵打散，身邊除了虎子只留下冀保爹娘、柴院婆婆和路上撿的被遺棄女孩小毛頭。聽說南去‧路多有兵匪搶掠，他們折轉回來沿山間小徑向東北方向走去。一步一挪，蠕蠕而行，在槐水邊不遠，望見幾隻烏鴉在頭頂盤旋。眾人注目下面，見小路旁的坡地躺

臥著一個女子。走過去細看，見她嘴唇黑青，兩眼緊閉。

王氏蹲在那女子身跟前，伸手從她額頭向下撫摸，感覺氣若遊絲，因道：「冀保爹，我看這症狀，像吃什麼東西中了毒。在老家時，有人說山上有一味草藥可以解毒，眼前除了婦孺就你可以救她了，去採些藥救救她吧。」

冀保爹還沒說話，冀保娘倒接上了，說道：「妳我幾個已是自顧不暇之人，哪還有精力救她。如果妳真的可憐她，妳去救，冀保爹不行。」

王氏被饊得眼都直了。

柴院婆婆慢慢抬眼看向王氏，道：「今日能遇上她，只恐是天意，不可不救。」

王氏心說這還像句人話。她嘆服婆婆的道義，把虎子留給婆婆，親自入村拜見鄉醫，求來草藥餵那女子喝下。過了幾個時辰，便見那女子喃喃自語……

冀保爹問王氏她說什麼了，王氏靠近女子嘴邊聽了一下，道：「聽不甚清，好像是說尋不見他，她還不能死。」

柴院婆婆身子忽一前栽，隨勢躺了下去，王氏嘆道：「唉，又是一個苦命人。」

不到兩天，女子恢復過來，當即下跪叫了王氏一聲「娘」，謝她救命之恩，王氏不受。冀保爹說道：「當受，當受，要不是妳，她能活過來？」

冀保娘見他向著王氏，陰冷起臉拽他一把，道：「那不是你該管的事。」

王氏沒理會冀保爹娘，彎腰扶起那女子，道：「稱娘太重，就叫義娘吧。」

那女子點點頭，鄭重地先行一肅禮，才向王氏跪下而拜，道：「義娘在上，受小女一拜。」

受了女子的大禮，王氏微笑著彎腰扶她起來，兩人復又坐到草地上，問她從何處來，往何處去，怎麼病倒在這裡。那女子霎時湧出瑩瑩的淚水，說她姓劉，家居武鄉，一個月前強人藉故報復，把村裡洗劫一空，她爹也慘遭殺害。無家可歸之下，一口氣跑到陽曲去找丈夫的二兄長。可是不巧，二兄長也躲避兵亂不知去向。之前，二兄長曾寫信說她丈夫被官兵掠賣到山東一家富人那裡去了。據這一口信，她從陽曲經和順城⁰⁵東出，去山東找丈夫，傍一條河溝的迤邐荒路走到這裡，實在飢餓難忍，採食了幾個野菇，就暈倒了。

聽她說是武鄉人，王氏朝她身邊挪動了一下，道：「適才鄉醫估計妳是吃了毒菇，給了我一點解藥，妳才大難不死。妳病中反覆說的一句話是尋不見他，妳還不能死，他是誰？可以和義娘說嗎？」

劉氏低下頭，道：「我丈夫，叫小背。」

05　此指和順故城，在今山西和順東北。

　　王氏立刻接口，道：「啊，小背？」

　　劉氏眉一挑，問道：「義娘，您認識他？」

　　王氏道：「不，不認識。他是哪裡人？」

　　劉氏用奇怪的眼神看了王氏一陣子，回道：「是哪裡人，爹娘是誰，連他自己也說不清楚。因為他跌傷失憶，我從山溝裡救了他以後，一直沒有恢復過來。他說他大兄長說過一個縣名，他也想不起來。」

　　簡短的幾段敘述，使王氏覺得她與小背相親相愛，感情深厚，所以她不顧性命，坎途尋夫，堪為有情貞女，於是問道：「你丈夫說的那個大兄長……啊，小毛頭別纏我，妳先去虎子那邊坐坐，等我和姑姑說說話。」

　　剛剛把小毛頭推離開身旁，見冀保爹吼叫了一聲，就撲向冀保娘那邊去了，王氏、劉氏慌慌張張聚攏來，冀保娘已是沒了呼吸。冀保爹伏屍慟哭，嗓音沙啞說道：「匐勒他娘，妳幾個往那邊去吧，我在這裡隨她一路走。」

　　王氏抹去臉頰上的淚水，道：「你這叫什麼話，冀保已經沒了娘，你讓他回來連個爹也見不上嗎？你起來，壘個墳把她安葬了，你與吾等一起走。」

　　冀保爹悲痛心酸，嘶聲哭道：「保他娘啊，我只能將妳一個人留在這裡了，妳不要怨我。我這也是為了冀保，為他以後回來還有個爹。」

重新上路後，碰到一夥一夥東去的流民，王氏也將東去冀州尋兒子的事說給劉氏聽。一向以來，她記得最牢的一句話是：「過了壺關，往東去冀州。」如今雖說沒有從壺關那邊走，可是還只能到他說的地方去尋找，於是問劉氏：「女兒，這到處兵荒馬亂的，到哪裡去尋妳丈夫？」

見劉氏黯然淚下，王氏忙扶她一把，道：「義娘想，眼下妳丈夫也沒個準信，若不嫌棄，不如隨義娘先往冀州去。妳一個女子，路途行走孤孤單單也不方便。」

孤苦無依的劉氏，這時候也想有個伴，點頭道：「義娘，您兒子……」

當聽到王氏兒子叫背、在外面稱匐勒時，劉氏立刻將背與小背聯繫在一起，她多麼希望兩者就是同一個人啊。還沒等她話說完，小毛頭跑來拉她去向虎子討要吃食，她只好跟了去。

※

秋風蕭蕭，落葉片片。

又一年的秋末，草木枯黃凋謝，一片落寞景象。偏在這個時候，王氏、冀保爹和小毛頭都因為抗不住飢餓和寒冷，病倒在澧水[06]岸邊。這個地方附近數十里沒有人煙，沒辦法討要吃食不說，太陽也一直藏在烏黑的雲層背後不肯露面，三個病人冷得渾身發抖。劉氏抱了一堆草木落葉，蓋到三人身上以禦寒。

06　在今河北沙河西北。

冀保爹似乎感覺到他要離開這個世界了，說道：「我恐怕見不到雲層過後的陽光了。」

躺在地的王氏，滾爬到冀保爹身邊，說道：「你不可以死，你還沒有見到冀保呢。」

冀保爹道：「我知道……還沒有見到冀保，可是人各有命，老天爺要……收一個人的時候，你想留他也留不住呀。妳要能活著見到冀保，把我的死……告知他……」他胸悶氣短，呼哧呼哧喘著氣，不多時就全身冰冷僵硬了。

讓虎子刨坑葬了冀保爹，劉氏轉身去看小毛頭，見她白眼珠遲鈍地一翻一翻的，慌得一屁股坐下來把她摟在懷裡，一邊用手拍她的脊背，一邊晃著叫她的名字，道：「小毛頭睡吧，睡了就不知道肚子餓了。」

王氏道：「傻話，肚子餓得慌，能睡得著嗎？」她朝劉氏那邊望望，又招了一下手，道：「把小毛頭抱到義娘這裡來，妳去幫虎子。」

當劉氏抱起小毛頭時，卻急促地驚叫了一聲：「呃？義娘，小毛頭她……她……」

劉氏望一眼王氏憔悴的臉，登時泣不成聲，道：「義娘，冀保爹死了，小毛頭她也沒熬過來。」

小毛頭七歲而殤[07]。王氏靠討要來的吃食撫養了她一年多，

07　指未成年而死。《禮儀・喪服》載：「不滿八歲以下死，皆為無服之殤。」

今不報而去，令王氏傷心不已，悲憫中她突然高叫道：「小毛頭，妳妳妳……無義！」

劉氏把小毛頭埋在冀保爹墳旁後，朝王氏躬身肅禮，道：「義娘……」

看出王氏還是過於悲傷的樣子，劉氏說道：「義娘，下一步，妳我該往何處去尋？」

尋親人的路是崎嶇的，跋山涉水險阻重重。

一路艱辛一路愁，尋找親人哪裡是個頭啊！王氏只是唉嘆，停了半晌，低沉地說道：「義娘也沒主意，妳問問澧水吧？」

劉氏面對澧水跪下一拜，道：「請澧水指條明路吧，我與義娘當往何處去尋找親人？」

拜罷轉過身來，見王氏也朝澧水下拜。兩位羸弱之婦眼望滾滾東逝的澧水等了半天，沒有等來任何回應，失望的淚水長流。虎子一聲也沒哭，只是兩條手臂肘支在盤坐的兩條腿上，兩手端住下巴，孤寂地坐在澧水邊，從太陽還掛在半空一直坐到天黑。黑夜幾乎覆蓋了白天的所有活氣，近處是汩汩流動的澧水，月亮隨了波浪的滾翻破碎難圓；遠處除了能聽到河風呼嘯和鳥獸的哀鳴外，便是看不透的連天黑氣。滿臉愁苦的劉氏叫了兩聲「義娘」，沒聽見答話，只有風聲貫耳，忙走過去看，見王氏直往草木落葉下面鑽，道：「義娘，您的腳都露到草葉外面了，怎麼還往下鑽？」

第九回　十八騎馳騁冀州地 二弱婦尋親問澧水

王氏說那些鳥獸的叫聲和在老家聽到的不一樣，很瘮人，她害怕。劉氏又摟了些草葉幫她蓋上，正覺得她的害怕不大正常，不知道能不能熬過漫漫長夜時，不意流動飛濺拍岸的澧水竟把一條魚推上岸來。虎子看見活蹦亂跳的魚，飛身過去抓起來就要往嘴裡塞。一路上，虎子彈弓射鳥吃鳥，捉兔吃兔，抓住蛇擰斷頭也吃。

看著虎子往嘴裡塞魚，劉氏喊了一聲，說道：「這可是河伯可憐你我和義娘而賜予的，你不能一個人吃。虎子，我們三人雖然日子窮困，可是有河伯照應，都不會因飢餓而死了。虎子，快，快謝謝河伯。」

身子蓋在草葉下禦寒的王氏，聽見劉氏說謝河伯，也強打精神爬起來，道：「是，是該謝謝。」

她們臨下跪，也讓虎子跪下去，待王、劉兩人拜謝後起來看虎子，他早起來坐到一邊去了。

扶王氏重又躺下，劉氏方把一直帶在身邊的那個陶鍋遞給虎子，讓他去把魚煮熟了再吃。虎子摟了一把柴草夾在腋下，站在一人多高的土崖上半晌不動。劉氏看了他一眼，想到他沒有火種點柴草，就從另一個逃難人家那裡取了一些火炭回來引火煮了魚，每人都喝了不少魚湯，當下就見王氏病況減輕了。她蜷伏在火堆旁睡了一覺醒來，叫了一聲劉氏，說道：「妳快帶我去看看小毛頭。」

劉氏攙扶著王氏從埋葬小毛頭的那邊，走到冀保爹墳前行了一禮，道：「你放心吧，只要我能活著見到冀保的那天，一定會把埋葬你的地方告訴他的。」

※

　　戰勝了飢餓、寒冷、疾病，王氏有精神了許多，站到岸邊凝望了一下嘩嘩流動的灃水，長長地舒了一口氣，起身帶了劉氏、虎子往東南方向走去。這天來到一座古典式城堡，從街巷人群中穿行，聽有人大喊：「十八騎來了，快躲開！」

　　王氏三人躲進一條巷陌的巷口，站在巷口外面的人說躲什麼，十八騎來過好幾回了，是好人。十八騎的頭領是個窮漢子，人稱窮漢子走馬。不拘走到哪，專搶官府和富人，不糟害百姓。看見了吧，騎馬走在最前頭的那個綁裹腿的大漢，是他們的頭領。王、劉兩人轉身朝他指的那人看去，石勒飛馳而過，母子、夫妻就這樣錯過了。

　　劉氏想，世上還有這等專搶官府富人而不搶百姓的土匪？她詢問外人得知，十八騎頭領叫石勒，她對王氏說道：「十八騎的頭領叫石勒。他的名字裡也有一個「勒」字，莫不是義娘的訇勒？」

　　適才那人說到「綁裹腿的大漢」，王氏已經和訇勒慣於綁裹腿聯繫起來了，現在劉氏的一個「勒」字，又把她的心牽動了一下。她打聽好了十八騎經常出沒之地，來到另一處城堡，遇

　　見一隊騎兵馳來。騎在馬上的一個將官穿戴的人命道：「把十八騎的同黨統統拿下。」一時三刻，整個街道弄得陰氣森森。

　　這些騎兵，因廣平郡的偵探報說西邊有十八騎的人搶縣府的糧食，賴大派兵前去緝拿，路過此城抓走和打傷了很多百姓。劉氏躲閃中與一個老嫗一起摔倒，老嫗跌傷了膝蓋骨，劉氏將她背回了家。等劉氏回到原處竟不見了王氏和虎子，她只好又返回老嫗家。老嫗對劉氏背她回家甚為感激，說她家是個小戶，若不嫌寒磣，可以先住到她那裡，再慢慢尋找親人。

　　得了此話，劉氏趕忙拜謝住了下來，在那城堡既尋丈夫又尋義娘。王氏與劉氏走散以後，除了尋兒子外也在尋劉氏。

第十回

趁亂世汲牧帥起兵 為故主公師藩戰死

第十回　趁亂世汲牧帥起兵 為故主公師藩戰死

　　石勒這時候攜帶二十餘斛稻穀來見汲桑，看到許多人脫去百姓服飾，改換平巾幘、絳衣、革履，還有的來來回回搬運兵器。石勒不覺暗喜，汲桑果然陰蓄兵馬也要謀反了。石勒卻裝作不明其情，對汲桑說：「汲牧帥養這麼多兵卒，縱然幾千幾百個官兵闖來，也休想搶走您一匹馬。」

　　汲桑望望石勒，揖讓出手把他請到營帳裡，道：「你是真糊塗，還是裝糊塗？我為何借你來馬牧場，還不是為著讓你做我的後盾，起兵造司馬氏的反。」

　　含著笑意的石勒道：「您蓄謀已久？」

　　汲桑道：「不敢說已久，但也不是貿然而行，可最終還是你先我一步舉反旗。我與部屬討論過了，如果你願意，我立刻率眾站到你的旗下。」

　　撲通一聲石勒跪倒在地，道：「此話差矣！在汲牧帥您面前，石勒始終是一個小奴。若汲牧帥想使石勒帶領麾下人馬與您合二為一，石勒願擁您為大將軍，我甘服其下。」

　　汲桑傾身伸雙手扶起石勒，微笑道：「難得你有這般忠義。我就是看中了你這一點，才想與你一起反晉。唉，石勒，我派去請你的侍兵，是何沒有與你一起回來？」

　　石勒剛說他是從須昌城[01]那邊過來的，沒有見到什麼侍兵時，即望見一個騎馬的兵卒衝帳門奔來，跳下馬進帳參禮，道：

01　在今山東東平州城鎮。

210

「稟牧帥，石公他不在城堡，小人沒有請來。」

侍兵見石勒坐在客位，忙又向石勒俯下身去，汲桑虛扶一下，道：「你且站過一旁。」侍兵應聲站到汲桑背側，汲桑則對石勒道：「我請你來是想與你商議與公師藩聯手聲討司馬氏以拯救天下蒼生，不知你願不願意？」

石勒倒也贊成與公師藩合作，只是面對種種未知，難免有些憂慮。這憂慮來自他對公師藩其人的治兵謀略和部伍實力不甚了解，但又不便直問，便道：「公師藩將軍那邊來人了？」

汲桑道：「派部將郝昌來過，說那邊新增卒伍不少，整軍經武在即，等不到你先回去了。」

石勒聽了輕輕嗯了一聲，道：「公師藩將軍能加入是一樁好事。我以為，是否先去一趟鄃縣[02]，一來拜識公師藩將軍，二來聽聽他的想法。」

汲桑道：「此議甚好。我過去與他有過一面之緣，他陽平人氏，是當今成都王司馬穎的故將，在這一帶小有名氣，更多的就不甚清楚了。郝昌對他的舉事謀劃只說了個大概，有必要去與他面議。事不宜遲，我們即刻動身。」

見石勒已經站起，汲桑命伺候在側的侍兵速去知會幾位部屬到他營帳裡來。

侍兵應了一聲，出帳跑步而去。

02　西漢置，縣治在今山東平原西南五十里處。

第十回　趁亂世汲牧帥起兵 為故主公師藩戰死

郃縣那邊，一騎探馬馳入公師藩兵營，高叫道：「報——稟報主帥，汲公一眾已朝我處趕來，離此不遠，請令定奪。」

端坐大帳的公師藩邊說「知道了」，便立刻退去在帳眾人，帶了部將樓機和幾位參軍，出營迎於驛道。他駐馬面向西眺望，望見驛道上塵土起處出現了一彪人馬。模糊的視線裡，眾人尚在懵懂，公師藩竟失聲大叫道：「官兵，來襲擊我們的官兵，樓機將軍斷後，撤！」

樓機也驚一下，道：「啊，是幾百號鐵騎？主帥，您與眾人回營布陣拒敵。」其時他往前又一望，向後招手說：「主帥且慢，來者雖有幾百騎，不大像作戰陣容。無旗無幡，行進緩慢，不像來襲之敵。」

疑惑之間，來者已是漸近漸顯，看清為首者確是汲桑。原來，汲桑選了四名部下隨在身後，石勒親隨又有孔萇、王陽、夔安、支雄、桃豹五人，都騎了高頭大馬在前面開路，後面帶了三百匹良駒，作為贄見公師藩的禮物。這長長的陣容，免不了使公師藩諸人生疑。

一場虛驚過後，公師藩眾人復又迎上前去，下來坐騎與汲桑、石勒一行致禮寒暄，互做引見，公師藩才與汲桑並轡行至營門，直接拐進校場。

校場上，郝昌將軍站在正中偏北位置的土壇上，頭戴犀

甲 [03]，身著絳服，背披拖至脛下，左手撫劍，右手執令旗，顯出一派威武氣勢。壇下，上千兵卒縱向排列成行，旗幡飄揚，兵刃耀目，在郝昌令旗的指揮下，井然有序地不斷變換隊形，操演陣法。沒有見過這等陣勢的汲桑、石勒及其部下，一個個看得笑顏逐開，不時拊掌稱善。這恰恰是公師藩此刻領眾人來看演習的用意。他要讓他們悉知他並非浪得虛名，他的師旅也非烏合之眾，只是嘴上卻道：「不過一些雕蟲小技而已，值不得誇獎。」

石勒對公師藩道：「將軍過謙了，非一朝一夕之功，足見將軍很早便潛心治兵演武，造就一支可以縱橫天下的勁旅，圖謀王霸之業了。」

樓機拱手參禮，道：「石將軍說的是，這正是公師主帥這些年來的心血。」身軀略一轉，面對公師藩躬身俯下，道：「主帥，還是回大帳敘談為好。」

許是一時高興之故，公師藩今日話語特別多，領眾人回到他的虎帳坐定，說道：「我從太康中期之後出現的種種徵象洞察出司馬氏氣數將盡，所以那時就有了治兵稱雄的準備。」

公師藩轉臉看了看汲桑，見他低頭靜聽沒有接話的意思，便又道：「我與汲將軍雖晤面不多，但我知道你已今非昔比，說說你對時局的一些看法吧。」

03　用犀牛皮製作的一種用以保護將士頭部的帽子。

第十回　趁亂世汲牧帥起兵 為故主公師藩戰死

　　汲桑參了一禮，道：「我是個粗淺之人，比上將軍差之甚遠，還是請將軍把太康以來出現的預示朝局將衰的徵象說幾宗如何？」

　　這下點到了公師藩的心上，他毫無保留地說晉武帝司馬炎之朝那些年，官員、士族所著衣服上儉下豐，預示君衰弱，臣放縱；初做屐者，女人圓頭，男子方頭，有別男女，但到了太康中期，女人也穿方頭屐，與男子無異，這象徵賈后南風專權妒忌；太康七年[04]末，四角[05]獸現形河間[06]，不久果見河間王司馬聯盟四方之兵作亂，烽煙遍地，此起彼伏；太康末，京師有唱〈折楊柳〉之歌者，終以擒獲斬殺之事見於洛陽……

　　不意這時汲桑一仰臉截斷公師藩的話，問道：「不知這〈折楊柳〉應在哪件事上？」

　　公師藩笑笑，道：「此事是說楊駿被誅，太后幽死。」

　　忖度眾人都還在聽，公師藩簡要說出誅殺楊駿的內情：

　　太熙元年[07]，晉武帝司馬炎四月二十日猝然駕崩，太子與大臣舉哀發喪殯葬事畢，楊駿遵奉遺詔，自稱顧命大臣，率百官奉太子司馬衷即皇帝位，是為晉惠帝，改元永熙。晉惠帝司馬衷傳旨，尊楊芷為皇太后，冊立賈氏南風為皇后，以才人謝玖

04　西元二八六年。
05　四指四方，角指兵馬。
06　地區名，西漢至晉所設過的河間國、郡、縣的治所，大概在今河北獻縣東南部。
07　西元二九〇年。

為淑媛，立廣陵王司馬遹為太子，加楊駿太傅大都督，假黃鉞[08]總攬朝政，其餘大臣各加封賞。

司馬衷乃晉武帝司馬炎長子，其性痴呆，暗弱無能，國祚失馭，很多人稱他呆惠帝。當時天下鬧饑荒，百姓多餓死，臣僚們把這種情況上奏給司馬衷，他反問道：「何不吃肉糜？」說罷還傻呵呵地笑。如此痴呆的皇帝，極難振長策以控朝局，使得身居樞要地位的楊駿當國，威權無二，以外甥段廣掌機密、張邵典禁兵，都住在太極殿，虎賁五百人守衛。凡有詔命，向惠帝簡略奏聞幾句，遂入呈太后，然後宣行。可這時的楊駿，怎會想到一場滅門之禍已經悄然向他逼近呢？

最忌恨楊駿的是賈后南風。

賈南風是個心高氣傲的女人，也是個生性歹毒的妒婦。自立為太子妃之時起，一些朝臣把她視為「孕」在金碧威嚴晉宮中的一個「禍胎」，期臨必發。事情果不出那些朝臣所料，賈南風入宮不久，就心性妒忌酷虐，常手殺宮婢，戟刺孕妾。晉武帝司馬炎盛怒，廢去她的太子妃名號，押至金墉城[09]囚禁。司馬炎皇后楊芷、夫人趙粲這兩個心地善良的女人，為賈南風講情，使她走出冷宮，繼續做東宮的女主人。待賈南風位至中

08　一種以黃金為飾的長柄大斧，為古代帝王儀仗等所專用，有時特賜予專主征伐的大臣，以示威重。

09　在今河南洛陽東北漢魏故域西北隅，三國魏明帝建造，既是用兵要地，又是禁錮被廢黜帝、王、后重要人物的地方。

第十回　趁亂世汲牧帥起兵　為故主公師藩戰死

宮之主，主六宮之政，內權到手後，又想干預朝政，而因自己夾在太后楊芷和太傅楊駿中間，要做的事情一件也施行不了。由此積怨在胸，很想即刻把兩人除掉，但她所謀被楊駿識破，楊駿道：「歷來禮法規制，君主國政，后主宮闈。今陛下春秋正盛，富有治國御政才略，無須內旨擾亂治體，請妳不要越禮。」

賈后南風聽聞，異常憤怒，大罵道：「楊駿老兒，我必殺你。」

此時，偏巧深恨楊駿的殿前中郎將孟觀、李肇兩人倒向賈南風這邊，三人又請來黃門董猛共同密謀，認為憑他們的本事制服不了楊駿，就想到動用武力，差遣李肇前往許昌，去請曾遭楊駿排擠的汝南王司馬亮帶兵相助。司馬亮膽小不願介入，即轉至襄陽找楚王司馬瑋。他是晉惠帝司馬衷同父異母的弟弟，經李肇又誘又脅一番，答應出兵外援。永平元年[10]二月，司馬瑋與淮南王司馬允帶兵入京師洛陽，屯於司馬門。那時，洛陽城裡還有個東安公司馬繇，也站到了賈南風一邊，願領禁兵四百人埋伏暗助。有了這兩支兵馬，賈南風膽壯起來，密告楊駿謀反。司馬衷不辨真偽，斷然下了一道剿除楊駿的詔令，司馬瑋、司馬繇領旨連夜行動。身居後宮的楊太后聞變，問是何人欲動太傅楊駿。身邊侍從回道：「傳說是賈后。」

10　西元二九一年。

楊太后道：「她，哼！」

楊太后當即用黃絹擬就一道懿旨，令人拿弓箭射出宮外，曰：「有救得楊太傅者重賞。」

湊巧的是，此懿旨恰恰落到賈南風派去監視太后動靜的一個親信手裡。賈南風拿到懿旨，靈機一動，馬上命人大喊：「太后隨父謀反，有敢助者死罪！」王公列侯、文臣武將不知實情，沒敢按楊太后旨意出兵救楊駿。司馬瑋、司馬繇的兵馬很快攻進楊宅，將藏在馬槽裡的楊駿殺死，又把時稱三楊的楊珧、楊濟與楊門朋黨統統滅了三族，先後死者三千多人。楊太后原以為自己庇蔭下的楊駿會無災無難，久執朝政，然楊太后沒有想到賈南風——不知道用什麼招數能使那麼多的王公大臣聽她使喚，這時楊太后才感到自己太小覷賈南風了。後悔、痛心、嫉妒、憤怒，令她理智盡失，召來親信去殺賈南風。可是她又失算了，因為賈南風早以她的那道懿旨為證據，說她與楊駿同謀造反，奏聞司馬衷處治。司馬衷不願加罪楊太后，又得罪不起賈南風，拖了兩天，將楊太后貶為庶人，押進金墉城。楊太后八十歲的老娘龐氏被斬首。一年後的殘冬之節，天空雪片飄灑，賈南風望一眼覆蓋著地面的厚厚的積雪，不禁暗笑一聲，派人抓走楊太后的侍女，楊太后因凍餓，死在金墉城的冷宮裡。

汲桑插話道：「傳說楊駿誣告司空衛瓘，讒言逼走賢王司馬攸，橫行亂國，是佞臣，當滅。」

樓機道：「表像上，賈南風聯合藩王剷除了楊氏一族，事態平息下來後，卻引發了宗室與外戚之間的內鬥，讓帝都持續混亂種下了禍根。」

公師藩點頭讚許樓機所析。他說皇后賈南風滅了政敵，論功行賞，賞孟觀帛百匹，楚王司馬瑋官拜衛將軍，掌管禁軍，東安公司馬繇晉爵為王，她的親族兄弟賈模、賈謐、從舅郭彰等這些外戚朝臣都加官晉爵委以重任。只是這些人有的是「竹林七賢」子弟，有的是「二十四友」這個文人團體成員，都不是輔政的材料，只得聽從黃門董猛、中郎將孟觀之見，奏稟司馬衷詔命汝南王司馬亮為太宰，錄尚書事，衛瓘為太保，共秉國政。此兩人皆可贊拜不名，入朝不趨，劍履上殿。司馬亮本為平庸之輩，這次入朝執政則一反常態，一上臺就學當年司馬炎、楊駿那樣亂加封賞，僅督將[11]中被封侯者達一千多人，有的甚至連升三個品階。御史中丞傅咸勸諫司馬亮說照此下去，國家可就危險了。

這話說出了晉朝變亂迭起的一個重要原因，切中時弊，而司馬亮哪裡聽得進去。適值此時楚王司馬瑋、東安王司馬繇，皆因不滿司馬亮專權，借酒發洩，被賈南風心腹細作探知，賈南風不驚不怒，與太醫程據定下計謀，以一個小小的風流罪過，發矯詔先削去司馬繇王爵，謫往今遼東居住。司馬繇免冠

11　武官名。

謝罪，徒步而去。沒幾天，頗有心計的太保衛瓘，對司馬亮說楚王雖有討楊之功，然他驕恣難馭，似不宜委以重任。一句話提醒了司馬亮，他私下說通賈南風，擬請晉惠帝準備遣他歸藩，但司馬瑋這廂，串通積弩將軍李肇，把他不滿司馬亮、衛瓘專權的意思轉達給了賈南風。賈南風陰森森的黑臉馬上露出幾絲笑意——她也正為司馬亮和衛瓘對她的不恭而憋著一肚子氣呢。汝南王司馬亮，是司馬懿第四子，長司馬衷兩輩，司馬衷見了他也常帶幾分畏懼。至於衛瓘，當初曾勸武帝司馬炎廢掉太子一事，賈南風早已忌恨在心。她原想一次除掉司馬瑋、司馬亮和衛瓘三人，現在司馬瑋既然站出來奏劾司馬亮和衛瓘了，那就利用司馬瑋先除掉司馬亮和衛瓘。由是，賈南風表面循規，暗裡破規，命李肇草擬矯詔，親自帶了去見司馬衷，說道：「太宰、太保密謀廢黜陛下您了。以臣妾看，如不將此兩人革職，您就被廢為庶民了。」

司馬衷聽罷愣了半晌，糊糊塗塗說道：「就依皇后所奏，待朕命內使傳旨擬詔速發。」賈南風說不用再傳旨了，已經代您擬好了。隨手掏出按她之意擬的詔書一晃，用過璽印，勸騙皆施取得司馬衷詔書，交給楚王司馬瑋立即執行。司馬瑋馬上派親信公孫宏等人率禁兵查抄司馬亮住宅，把司馬亮與其世子一併殺死。率禁兵去捉拿衛瓘的是清河王司馬遐。衛瓘還在求告不要傷害他的家眷，背後竄出一人，早把衛瓘揮作兩段。這人是

衛瓘的仇人榮晦。榮晦曾因過失被衛瓘逐出宅門，今日帶領手下殺死衛瓘及其子孫九人。但他也難逃一劫，也被砍了頭。

當下兩廂事畢，天色已過丙夜。中郎將李肇飛奔內城尋見董猛，兩人連袂去中宮進見賈后南風，她卻翻臉不認帳，另外拿出一道詔書誣說司馬瑋擅矯朝旨，殺戮大臣，罪在不赦，差遣殿中將軍王宮、侍中賈模去執行。還在率其部伍追殺司馬亮和衛瓘餘眾的司馬瑋兵馬，見王宮高舉騶虞幡[12]前來，立刻停止了行動，王宮當場宣布了司馬瑋的罪行。司馬瑋聽了大叫說泯滅天良嫁禍殺人，他要上殿面君，申辯曲直。賈模帶領的禁兵數百人早闖將過去，口稱奉旨拿人，不由分說將司馬瑋拿下，押入市曹，劊子手的刀一揮，他的人頭就落地，時年二十一歲。

賈南風玩弄手段殺掉兩王一個大臣，完全掌控了國秉，威陵朝野，在朝百官望風承旨，莫敢違忤。賈南風仍恐有人明服暗不服，以她矯一旨、廢一旨、政由己出、代帝行令說她將國朝權力私人化，將出身庶族而有經國之才和威望的張華封為侍中兼中書監[13]，封裴頠為侍中，裴楷為中書令，又加侍中王戎為僕射，命此數人共同主持朝政。在晉朝動亂格局已經形成的情形下慘澹經營，人心稍安。短暫的平靜，給了賈南風荒淫放恣、穢亂宮闈的機會。她雖是醜女，但醜女也風流。且不說好色的她以皇后其

12　騶虞為神話傳說中的一種獸，騶虞幡是一面繡有騶虞圖案的旗幟，揚起此幡，即帝王止兵之令。

13　中書省官員，職掌機密機要、朝廷議事、記錄皇帝皇族子弟日常活動等。

表，行淫婦之實，與太醫程據私通的逸事緋聞遍傳朝野，就連令侍奉她的閹豎劫取宮外少年美男子，裝入木箱木櫃抬入宮闈供她寢居享用，然後殺人滅口，這等事她也做得出來。

元康九年[14]，入宮二十多年的賈后南風忽然「有孕」數月，不久生一男嬰，取名慰祖。外人可也知道，這是賈南風想廢掉太子司馬遹而謀劃出來的怪招 —— 抱其妹賈午之子，偽以自己所出。不爭氣的是，此子短命夭折。

這孩子一死，她便加快了謀害太子司馬遹的步伐。是年十二月三十日，偽稱晉惠帝司馬衷有疾，命人傳司馬遹入宮探視。待司馬遹來到寢宮，並不見司馬衷，裡面只有一個宮婢陳舞。陳舞說陛下念天氣寒冷，特賜御酒三斤，請太子盡飲。司馬遹說他不勝酒力，免了也罷。那陳舞陡地一沉臉色，說陛下御賜，安敢推辭？強逼司馬遹把酒飲完，司馬遹頃刻酩酊大醉。此間，黃門潘岳進見，推醒司馬遹，請他賜書一幅。司馬頭昏腦漲不知道寫什麼為好，那潘岳從衣袖中拿出一塊白帛，展到几案上說，您若一時想不起平日所讀詩歌，請照錄這個如何？司馬遹鋪展白帛秉筆抄錄一遍，交給潘岳。潘岳取了呈給賈南風，她馬上帶了入寢宮見駕。司馬衷看了氣得臉色發青，吹鬍子瞪眼睛，立即起駕來到太極殿，鳴鐘擊鼓，集百官入殿傳看，只見那簡冊上寫的是：

14　西元二九九年。

陛下宜當自了，不自了，吾當入了之。
中宮亦宜速自了，不自了，吾當手了之。

眾王公大臣看得面面相覷，驚慌失色。中書監張華跪上前去，奏道：「自古帝王廢黜正嫡，多致大亂，願陛下詳察。」侍中裴頠也屈腿伏地，說道：「啟奏陛下，臣對東宮此書不敢全信，安知不會有人偽造誣陷太子？」

張華、裴頠兩人一致請求司馬衷召太子對質。賈南風心下大慌，讓黃門遞進一道奏表，請廢太子司馬遹為庶人。司馬衷准奏，當下差武士用牛車把司馬遹和三個兒子押赴金墉城幽禁。賈南風隨即差黃門孫慮領兵一千追去，將司馬遹父子劫至許昌，趁司馬遹如廁不備，孫慮手執木杵朝頭猛擊而去，只聽廁內尖叫一聲，太子司馬遹就永遠消失了⋯⋯

石勒對晉廷演出如此驚世駭俗的醜聞感到詫異，逕自「不可思議，不可思議」地叫嚷著站起來，說道：「我在想，一個女人，哪裡來的這麼大的膽量和能為，居然把整個朝廷攪得綱紀失常，政令不行。」

汲桑向公師藩拱手，道：「前年，朝裡的一個好友悄聲對我說，亂在賈后，失在武帝。另一個好友不大贊成這個說法，該信哪一頭？」

公師藩站起來，走到帳門看了看日影，轉身道：「我記得一句話，叫『君懦而暗，則群臣詐』。因起賈南風是其一，再者

就是居上位的羸弱，大政失道，在下面的人利用這種失控的權力行私。賈南風便是鑽了這個空子，欺君罔上，妄言妄行。前面我已說到武帝司馬炎時出現的衣著上儉下豐的徵象，司馬衷繼位不久，各路藩鎮坐大，割據一方，擅發號令，關內侯索靖料定天下將亂，手指洛陽銅駝街的銅駝[15]，嘆道：『再見你時，恐怕已倒在草叢裡了。』」

　　夔安道：「哦哦，早知禍根在彼，闖入宮廷一刀揮了那個呆惠帝和悍婦婆，我爹娘也不會死於亂兵之手。」

　　王陽道：「是呀將軍，怎麼就沒有人早點站山來討伐這等惡婦？」

　　公師藩蹙眉想著當時情景，便見一位將軍撩帷進帳抬手參禮，公師藩讓他站了且等，轉臉朝樓機努了努嘴，樓機對王陽說道：「有。」

　　王陽緊跟一句，道：「是哪個？」

　　樓機回道：「聽說那時司馬衷廢太子司馬遹為庶人的口諭一出，當下惱了一位大臣，他就是衛督司馬雅。司馬雅曾經是宿衛東宮的將領，悉知太子人品，說此事定是賈南風所為，就想聯絡同僚上奏，廢黜賈后南風而復司馬遹之位。」

　　這時公師藩抬手吩咐還等在一旁的那位將軍速去校場，演習事畢與郝昌將軍同來大帳。命他走後，公師藩接住樓機的話

15　《太平御覽》卷一五八引晉陸機〈洛陽記〉：「洛陽有銅駝街，漢鑄銅駝二枚，在宮南四會道相對。」

223

說，司馬雅爭取殿前將軍郎士猗諸人，將廢黜賈南風的奏表呈上司馬衷案頭。適值鎮守關中的趙王司馬倫與雍州[16]刺史解系在征討齊萬年叛亂中意見不一而奉命調回朝裡。他是司馬懿第九子，缺智少謀，沒什麼本事，所行多出自親信孫秀。孫秀起於琅琊小吏，以諂媚自達投在司馬倫門下。經孫秀的奔走遊說，賈南風任命司馬倫為左軍將領，統領一部分禁軍。司馬雅和郎士猗轉頭與司馬倫共謀，串聯了梁王司馬彤、齊王司馬冏帶兵入朝，召集百官宣讀偽詔，先將張華、裴頠、李肇、賈謐、韓壽等十一人拿下，殺死在太極殿，嚇得司馬衷渾身發抖，只得唯唯照辦，押賈南風至金墉城，賜她飲金屑酒結束了一生，時年四十五歲。

可亂象還是沒有平息。司馬倫除掉賈南風，自封為都督內外諸軍事、侍中、中書監，封孫秀為侍中、輔國將軍。孫秀小人得志，遍結黨羽，控制了朝廷實權，借勢鼓動司馬倫篡位。司馬衷同母弟淮南王司馬允，時為驃騎將軍領中護軍之職。他探知司馬倫確有稱帝野心，在朝會上說「趙王欲破我家」，即與心腹部將孟平領兵數百圍攻司馬倫，戰敗被殺。司馬倫信鬼神，愛聽巫言，孫秀串通巫人假宣帝有詔，令他主政御極，於永康二年[17]正月初在太極殿登皇帝位，用雲母車將司馬衷與羊皇后載入金墉城軟禁。他過了兩個月的皇帝癮，遭到以齊王司

16　古九州之一，東漢末移其治所至長安縣，即今陝西西安西北。

17　西元三〇一年。

馬為首的各路藩王起兵討伐，將他擒拿囚至金墉城，給予金屑酒一壺，他自飲而死，重新迎回晉惠帝。自此齊王司馬任大司馬，都督內外諸軍事，成都王司馬穎任大將軍錄尚書事，河澗王司馬任太尉，共執朝政。

公師藩望了一眼眾人，道：「司馬推翻擅權稱帝的司馬倫，並沒有什麼改變，還是走驕奢擅權的老路，招致內外失望。他的謀士孫惠規諫說，大位不可久據，大權不可久執，殿下您處其不可而以為可，更何況又是在世局紛然淆亂這個時候，孫惠很為您擔心呀。以我之見，您宜思功成身退之道，委權長沙、成都二王，長揖歸藩，庶可自安。」

汲桑道：「這可真叫忠諫。」

公師藩說司馬冏可不這麼看。他居然矜愎飾非拒納此諫，氣得孫惠沉默靜坐了幾天，以病辭去。孫惠之後，又有曹攄、王豹勸他還齊，但司馬冏仍然執迷不悟。結果是年十二月，長沙王司馬乂看到齊王司馬冏推翻司馬倫，自為大司馬秉執朝政而心存奢望，以司馬冏執左道以亂政為由，聯合河間王司馬顒等幾個藩王興師洛陽問罪，雙方混戰三天三夜，司馬冏大敗被殺。司馬乂得勝領太尉銜，都督內外諸軍事，威勢震主，遭到成都王司馬穎、河間王司馬顒的反對。次年八月，司馬顒以部將張方為都督，率兵七萬攻打洛陽，與司馬乂戰於宜陽，司馬

乂大敗。十月，司馬乂與司馬穎都督陸機[18]率領的部將王粹、牽秀、石超等大戰於洛陽城內外，部將孟超不聽號令貪功冒進失敗戰死，孟超之兄孟玖把其弟之死歸咎於陸機，欺陸機是個文人，牽秀等人借機誣陷他「有貳心於長沙」。司馬穎的部將以河北人為主，他任命陸機為前鋒都督，多數部將不滿來自南方的陸機來統率他們。出於政治的需要，司馬穎只好捨棄陸機籠絡北方部將，使牽秀收捕陸機斬殺。臨刑前，陸機想起在江東家鄉華亭[19]常聽天空鶴唳之聲的情景，嘆曰「華亭鶴唳，復何聞乎」，時年四十三歲。陸機死得冤枉，卻不喊冤凜然正氣赴刑受戮；司馬穎殺了一個正人，留下一干小人率領部眾繼續與司馬乂的兵馬對峙……東海王司馬越見司馬乂的精力用在應付戰事上，便聯絡宿衛將領扣留了司馬乂，上奏司馬衷將司馬乂廢為庶人。司馬衷說長沙王柱石之臣，對朕恭順欽敬而不舛，豈可廢之？司馬越想了想，哄司馬衷下詔暫將司馬乂押進金墉城。但這邊押進，那邊司馬越押出來交給張方，捆綁在石柱上，點燃柴草煙燻火燎將司馬乂烤死。

靜靜而聽的石勒抬起頭，問公師藩道：「將軍，當朝之疾是不是害在司馬宗室親族骨肉的權爭上？」

公師藩道：「石將軍所言正中其弊 —— 司馬衷嗣國之朝，

18　陸機是三國時孫吳王朝名將陸遜之孫、陸抗第四子，是江東才傑，有「文章冠世」之譽，他的名作多見於史，孫吳亡後北附晉朝。

19　陸遜封華亭侯。

是諸藩王肆意滋事縱兵亂政之朝。現象上是掌握著權力，實際上卻是權力失控；最想使朝權不出宗室族人之手，卻又忌恨掌權親族的權力超過自己，誰進入權力中樞就討伐誰；口頭上強調遵皇命行王道，卻是最沒王法任性妄行，像那張方烤死司馬乂，沒人敢追究他的罪責。河間王司馬顒不奉詔令自行退兵西去，數月之後司馬衷才下令討伐，被張方打敗。成都王司馬穎趁此時機進入洛陽，受封為皇太弟，派兵五萬屯守洛陽十二城門和入殿宿衛，控制了國政。爾後接受參軍盧志的謀劃退回鄴城，依然不願放棄權力，在那裡以皇太弟身分遙控朝政，麾下一干嬖人也倚勢橫行，漸失眾望。到了永安元年[20]七月，遭到朝中右衛將軍陳眕及司馬乂故將上官巳等人的奉詔討逆。陳眕、上官巳的背後不是皇帝司馬衷，竟然是沒有苟全性命於亂世的東海王司馬越。」

石勒問道：「這司馬越又要做什麼？」

公師藩道：「方才你不是說到爭嗎，司馬穎表奏司馬越為當朝侍中，他不滿足，就跳出來湊熱鬧。打著奉詔討逆的旗號，從彭城起兵直撲京師洛陽，鼓動司馬衷御駕親征，以申天討，發兵十萬挺進鄴城，途經蕩陰[21]時被司馬穎大將石超當頭攔擊，殺得丟盔卸甲，回師東逃徐州。」

第十回　趁亂世汲牧帥起兵 為故主公師藩戰死

司馬越扔下司馬衷逃跑了，司馬穎迎駕司馬衷到鄴城，以酒食拜奉，住了半年，決定把他送回宮廷。這時候京師洛陽已被司馬部將張方占領，並與各地藩王遙相呼應討伐司馬穎。鎮守幽州[22]的安北將軍王浚，雇用烏桓、鮮卑騎兵與并州刺史司馬騰的兵馬聯合，也趁隙來襲。司馬穎擔心一些傾向司馬越的幕僚和臨時駐鄴的王公大臣成為幽州兵的內應，下令清除異己，將曾勸他「釋甲縞素出迎請罪」的司馬繇斬殺，又差武士擒拿琅琊王司馬睿。司馬氏踐魏建立晉朝，司馬炎封司馬懿第三子為琅琊王，他的孫子司馬睿十五歲依據慣例襲爵，八王之亂期間稽留鄴城。是時得信司馬穎要捉拿他，慌急騎馬逃跑。傳說他一口氣跑到滁州那邊駐蹕琅琊山[23]躲避。即使這樣，司馬穎還是穩不住軍心民心，只好把司馬衷扶上一輛二馬之車，點齊三千宿衛兵馬扈蹕車駕從東門逃出右拐南奔，一到洛陽就被張方控制了去。進入這年十一月，張方帶兵闖入宮廷，打開寶庫將魏晉以來百餘年所積蓄的金、玉、鐘鼎、罍彝、圭璧等取了個乾乾淨淨，帶了寶物和司馬衷去了長安。司馬顒牢牢控制司馬衷後，下令廢除了司馬穎的皇太弟身分，命他還鎮鄴城，更立豫章王司馬熾為皇太弟。當初，司馬穎送司馬衷回洛陽，住

22　古九州之一，此時治所在今河北涿州。

23　又作琊山、琅邪山，在今安徽滁州西南十里，北宋歐陽修有記，山中有唐建琅琊寺。原先當地人稱此處為摩陀嶺，至唐大曆六年，即西元七七一年滁州刺史李幼卿在此興建寶應寺，即今之琅琊寺，因此山曾是東晉元帝司馬睿為琅琊王避地而改名琅琊山。

在鄴城的匈奴左賢王劉元海曾勸他不要離開鄴城，他不聽。這一走，連所鎮之地也讓別人強占，落得一敗塗地。

鄴城被人強占，固然是司馬穎輕率擅離之過，也是國朝一種亂象的見證。公師藩說道：「當今屢出變亂，亂得國不像奉行王道之國，臣不是人臣之臣，而是強者天下，強則存，弱則亡。反正司馬衷也管不了許多，我招兵買馬，是預備先為故主奪回藩封之地鄴城，使他有個安身之所，隨後爭奪司馬衷擁有的天下。汲桑、石勒兩位將軍願隨我，便同為故主麾下將佐；不願意，概不勉強。」

見公師藩很少說大話空話，汲桑也就以實相告，道：「我們此來，便是想與將軍會商反晉之事。若不棄，我願聽將軍號令，不知石勒有無不同想法？」

緊靠他坐著的石勒望了他一陣子，道：「將軍所陳，甚是有理。可是，本來諸王覬覦的是朝權，是大位，如果我們擁戴司馬穎殿下去攻鄴城，恐怕會形成諸藩王放下權爭一致對我，那時又當如何？」

公師藩道：「石將軍能想到這一層，實乃可貴，這叫知己知彼。樓機與郝昌將軍都與我討論過，各藩王覬位爭權三年五載干戈難息，故主在鄴地百姓心目中素有賢王之稱，大有一呼百應的趨勢。我現下有兵三萬，等我打出叛晉擁故主自立的旗幟以後，估計望故主名聲來投者不在少數。」

第十回　趁亂世汲牧帥起兵 為故主公師藩戰死

　　自進大帳一直沒有出聲的孔萇，這時候說他這幾年在冀魏之地奔走，見百姓多有頌揚成都王殿下仁德者，稱道他放糧拯救過饑民，自己掏錢做了八千多口棺柩安葬黃橋作戰戰死的將士，築了一座都祭堂，內立碑以記，以表那些死難者赴義之功。因為成都王殿下弔死問孤，做了許多善事，百姓沒有忘記他，相信公師藩的判斷。

　　今日汲桑與石勒來地，顯然是要拉石勒一起帶兵依附公師藩的，這時候在等他的態度。坐在石勒身側的王陽、支雄、桃豹和汲桑的幾個部下吵叫著說，聽風聲李特成都建國，盤踞離石的匈奴人也在謀獨立，英雄出在亂世，不趁司馬宗室紛爭天下多事之秋闖一闖，更待何時！

　　耳聽這些話，石勒倒問起桃豹來，說道：「你以為如何？」

　　桃豹幽思半晌，道：「我看可以合兵一試，若不行，再分而各自為戰。」

　　石勒轉向支雄，道：「你的想法呢？」

　　支雄道：「我附議桃豹之見。」

　　石勒見桃豹、支雄兩人看法一致，便朝汲桑點了一下頭。

　　汲桑很清楚方才石勒所問公師藩，意在探探公師藩的底細。現下知公師藩已有兵馬三萬，心裡踏實了許多。這便與石勒返至馬牧場，命傳令兵吹響海螺號，召集營宿馬牧場的兩千多人馬和石勒率十八騎等一應人眾，一起站到了公師藩的反晉戰線上。

※

　　汲桑、石勒兵馬的加入，令公師藩兵勢大振，遂以樓機、石勒為前鋒左右督，率領兩萬之眾去攻鄴城。此前公師藩得到荒信，說司馬穎侍隨晉惠帝司馬衷往關中，所以他一面派出偵探尋訪故主究竟流落何方，一面將兵南進。不日來到陽平郡[24]，郡守李志開城迎戰。公師藩站在帥旗下，問道：「樓機、石勒你們誰打頭陣？」

　　騎在馬上的石勒拱手參禮，道：「石勒先出。」

　　石勒隨之把馬一夾，就要起步出陣，這時神情異常嚴峻的公師藩說道：「石勒，這可是本將軍出師第一戰，關乎我軍聲威，只許勝，不許敗，你可知道？」

　　石勒道：「將軍尊意石勒明白。」他揮了揮手中畫戟，道：「請將軍命人把鼓擂緊，憑石勒這支鐵戟，不會使您失望。」

　　公師藩向外揮了一下手，石勒鋒穎凜凜放馬直驅敵陣，與李志長矛畫戟一接觸，轉馬便走。李志打馬持矛追來，石勒扭頭瞄準李志咽喉，執弓一箭射出，李志墜馬落地而死，遂占了陽平。公師藩大贊石勒勇武，記下頭功，舉營慶賀。休整三天，拔營前進，又攻打下了汲郡[25]，斬太守張延，大軍直抵鄴城城下。

24　此時治所在今河北大名。
25　郡治之地在今河南汲縣。

第十回　趁亂世汲牧帥起兵 為故主公師藩戰死

　　鎮守鄴城的主將此時是司馬越之弟平昌公、寧北將軍司馬模。他這時候帶領一眾將弁登上城牆督查防務，一匹探馬飛馳衝進城門直奔城牆梯道前，馬上之人下馬順梯道跑步上來城牆，跪倒稟道：「報 —— 成都王司馬穎故將公師藩領兵來犯鄴城，已離城不遠。」

　　司馬模掃一眼身邊眾人，道：「打開城門，本鎮出去會會他。」

　　他急遣使往鄰郡乞援走後，自己戰甲一身躍馬出來城門，與公師藩的大隊兵馬兩軍對陣，伸出手中大刀一指，指名質問公師藩是何犯他鄴城。公師藩眼望司馬模身後陣容，道：「鄴城是故主久封藩鎮，今奉天子詔，還鎮藩封之地，命本將軍為前鋒開路先到，請你閃開。」

　　司馬模道：「勤王都督司馬越命我鎮守此地，雖不是陛下欽命，亦不敢擅離職守。」

　　公師藩提高了嗓門，道：「司馬模你當知道，司馬越不過朝廷一侍中，沒有權力將故主藩鎮送給別人。你若不帶兵撤出此城，只有兵戎相見了。」

　　石勒其時風頭正勁，他也不管公師藩准不准他出戰，一馬衝出來戰司馬模。司馬模陣後陡地閃出一將，黃臉短鬚，身被犀甲，一手提搶，一手執定馬韁，身下坐騎油光黑亮甚為強壯。石勒想，這員晉將把坐騎養得這麼好，不知他武藝高低，

待我試他一試，大聲問道：「此將何人，竟來替司馬模賣命？」

黃臉將把槍一舉，嘿嘿冷笑，道：「問什麼？若不怕死在你廣平太守老爹這杆槍下，就放馬過來吧。」

聽他報出廣平太守，石勒知道他名叫丁邵，是司馬模把他召來的。石勒還在想如何贏他，丁邵的槍早已刺過來。石勒手中畫戟向外一擋，又疾速一轉照丁邵胸口施出，丁邵慌神閃過，拍馬而逃。石勒策馬直衝過陣去來戰司馬模，就見四野喊殺聲大起，范陽王司馬虓接到司馬模求援急報，率十萬援軍殺到，為首大將苟晞橫衝直撞，眨眼工夫將公師藩的兵馬截作兩段，廣平太守丁邵這時候也轉身殺回陣來。

風雲突變，沙場點將。公師藩叫一聲「石勒將軍」，命他速領所統將士在前開路，自己同樓機、汲桑隨在身後突圍出去。

石勒領了將令，立即帶了十八騎眾人，抖擻神威，殺出一條血路，竟不見了公師藩、汲桑諸人。他命支雄、桃豹將殘兵屯紮在一處土丘旁，獨自朝晉兵吶喊之處殺去，只見三員晉將把汲桑圍住廝殺。汲桑望見石勒，叫道：「石勒救我！」

顧不上答話，石勒先把晉將殺退救出汲桑，交給支雄、桃豹，又朝晉兵多的地方衝去，直殺到日頭西沉，地下一片幽暗，卻怎麼也尋不見公師藩，只在黑影中聽到一聲熟悉的喊殺聲。石勒調轉畫戟撲過去，看清是孔萇，石勒大聲問他公師藩安在？按照孔萇說的方向，兩人一前一後縱馬竄入樹林，已是

第十回　趁亂世汲牧帥起兵 為故主公師藩戰死

人困馬乏。而這裡，此時距離晉兵廝殺的地點只有兩三百步之遙，石勒跳下馬對孔萇道：「快鬆開馬韁，讓馬啃幾口野草。馬若栽倒了，你我難出重圍。」

孔萇道：「這裡多危險，哪有空讓馬吃草。」

石勒牽馬往野草頗豐的小路邊走去，偶然聽見一聲呻吟。他疑是伏兵，與孔萇悄悄繞到呻吟之人的背後一看，叫道：「樓機，怎麼是樓機？」

樓機嘴巴被塞，雙手被反綁在背後，腳腕也被捆住，動彈不得。石勒救起樓機，樓機說他與郝昌保護公師藩往陣外撤退，適遇大隊晉兵殺來，他與郝昌敵住晉兵，讓公師藩向東逃走，郝昌中箭身亡，自己也被亂兵擒拿。晉兵問他是何人，冒充說是公師藩。那些晉兵信以為真，爭搶著去找頭目報功，暫且將他放下。石勒顧不上聽樓機細說，命孔萇將樓機拽到他的馬上。兩人騎一匹馬正待起步，一群晉兵前呼後擁一位騎在馬上的將軍走來。閃在樹後的石勒提身唰地一縱，殺死馬上那位將軍，奪過馬匹讓樓機騎了，三人飛馳東去尋找公師藩。黎明時分遙見前方一單騎馳來，正是公師藩。他手指身後說道：「敵兵眾多，我軍將士拚殺竟夜，已經不堪再戰，不如且回鄔縣，待有了故主音信時再議。」

樓機告知郝昌已死，公師藩悲嘆移時，領兵往鄔縣方向退去。

※

　　公師藩派出去的偵探，這天乘快馬趕回鄃縣，稟報了成都
王司馬穎攜帶隨從和家眷北還的消息。

　　這消息為什麼來得這麼遲？原因在於晉惠帝命司馬穎還鎮
封地鄴城，與參軍盧志東行至半路，偏聞公師藩兵敗，停下來
觀望。

　　永興二年[26]七月，東海王司馬越發動的迎駕還朝的義旅，倚
仗所借的三千幽州兵，在大將祁弘指揮下率先攻入長安，司馬
越隨大軍人城面君，請司馬衷東歸。司馬穎探聽到司馬越扈蹕
惠帝回到了洛陽，擔心降罪於自己，悄聲離開洛陽南去新野。
在那裡聞知朝廷要以欽犯之名捉拿他，匆忙帶了兩個兒子和盧
志等人，北越河水來就公師藩，但他的行蹤很快又被把持朝政
的司馬越發現了。司馬越覺得留司馬穎、司馬顒在，說不定會
像自己當初敗回封地又東山再起那樣來爭朝權，立即差大將糜
晃在西面繼續攻打司馬顒，又勒逼晉惠帝下詔東捉司馬穎，還
暗使范陽王司馬虓去鎮鄴城，扼守關隘驛道。

　　過了月餘，公師藩正與汲桑、樓機談論司馬穎今在何地，
所派出去的兩路偵探來報消息，成都王遷延河橋，意欲擇路來
鄃縣。

　　公師藩有了這個准信，下令馬上出兵與故主會合。帶領兵

<hr>

26　西元三〇五年。

馬走到白馬津[27]竟遭伏兵截擊。公師藩還在派流星探盡快探清伏擊他的是官兵還是匪徒，不遠處有人朝他這廂說道：「不會想到是本刺史吧？」

當公師藩望見左面土崖後走出來的苟晞，逕自大吃一驚，罵道：「奸賊！」

苟晞接到東海王司馬越密信，選擇此處伏下重兵。公師藩不顧將士勸阻，一馬當先來戰苟晞，被苟晞一刀砍成兩段。待石勒出馬敵住苟晞，搶回公師藩屍首，苟晞的殿軍又到，汲桑、石勒穩不住陣腳，只好帶領部分親兵向北潰退⋯⋯

27　即古黎陽津，在今河南古黃河東岸，金朝黃河南徙，已湮。

第十一回

劉元海歸族建漢國 司馬騰失據遁山東

第十一回　劉元海歸族建漢國 司馬騰失據遁山東

話說南匈奴南移至離石左國城[01]後的東漢興平二年[02]，外戚董承邀左賢王幫他和李傕、郭汜作戰，匈奴騎兵趁勢興起。當年十二月，南匈奴單于欒提於扶羅逝世，其弟欒提呼廚泉繼位四十二任單于，定居平陽[03]，封其兄欒提於扶羅的兒子劉豹為左賢王。

東漢建安二十一年[04]秋七月，欒提呼廚泉入朝進見魏王曹操，曹操將他強留在鄴城軟禁，隨即罷黜單于，命左賢王欒提去卑監理他的汗國，分南匈奴為五部[05]，每部置部帥一人。事實上，一部分已經遷居并州中部，交城一帶與漢民族融合居住。

因當初漢高祖劉邦曾與匈奴首領冒頓結為兄弟，並嫁宗室公主入匈奴，各部貴族以此為由，取消原姓欒提，改姓劉氏。所以統一北方的曹操所置的匈奴各部部帥中，以左賢王劉豹為左部帥。後來晉武帝司馬炎踐魏國祚，匈奴臣服於晉，劉豹派他的兒子劉淵到晉廷[06]做人質。

劉淵雖然是被當朝歧視的匈奴人，但他出生於標準的匈奴貴族世家，父輩是匈奴部落頭領。先秦以來儒學盛行，在家庭

01　西晉時匈奴左部所居，在今山西離石東北。

02　西元一九五年。

03　晉時為平陽郡，在今山西臨汾。

04　西元二一六年。

05　系指左部統萬餘篷落居茲氏，在今山西汾陽；右部統三千餘篷落居祁縣，在今山西祁縣；南部統三千餘篷落居蒲子，在今山西隰縣；北部統四千餘篷落居九原，在今山西忻州一帶；中部統六千餘篷落居大陵，故址在今山西文水、交城一帶。

06　京師洛陽。

和同宗族人支持下，劉淵自幼師承上黨名儒崔游，學習漢族傳統典籍，研讀《左傳》、《孫子兵法》，博覽《史記》、《漢書》和諸子百家。他曾對同門學人上黨郡人朱紀、雁門郡人范隆說他鄙視隨、陸無武，絳、灌無文[07]，劉淵遂學弓馬。等到長大成人，劉淵猿臂善射，膂力過人，只是仕途並不順當。他在晉廷做人質時，正當盛年，又文武全才，一些大臣屢屢進言重用劉淵，未被朝廷採納。氣憤中的劉淵，少不了遊逛於京師巷陌和河水堤岸上的楊柳棚蔭之下，飲酒解悶。有一次，酒闌付錢，酒家眼望一個大袖長衣佩劍走出棚外的人對他說，那位王公已代他付過了，劉淵這就與遊於洛陽的王彌相識，很快成了至交。一天，劉淵與王彌在郊外驛道旁邊的酒棚下飲酒，說了幾句不滿當朝的話，被騎馬路過的齊王司馬攸聽了去。司馬攸怒氣衝衝入朝上殿，向晉武帝司馬炎跪下，奏道：「陛下如果不除掉劉元海，臣恐并州久安不保。」

　　幸有安東將軍王渾父子出班，講了一番擅殺人質不利感化安撫入塞北人的道理，劉淵才沒有人頭落地。崔游知道了這件事後，把劉淵叫到屋裡，訓斥道：「為師常教你才高行謙，順聖意行事，方好使人尊敬，而你倒恃才傲物，非議起朝廷是非來了。」

07　隨指隨何，陸指陸賈，兩人是漢初的兩個著名辯士；絳指絳侯周勃，灌指灌嬰，兩人皆漢朝開國名將。

第十一回　劉元海歸族建漢國　司馬騰失據遁山東

劉淵聽崔游說出騎道酒棚飲酒之事，低頭尋思是哪個沒事做的人告知老師了，趕快跪下，道：「弟子並未指斥什麼，只是吐了幾句怨氣。」

崔游道：「不要強辯了。若不是王公講情，為師早知會你爹娘去為你收屍了。回屋讀書去，不要忘了你是匈奴族帥為了取信當朝送來做人質的。以後好好習文研史，不可隨意亂說。」

劉淵看一眼崔游，遜言恭色，道：「弟子遵從師訓，回去讀書。」

劉淵抬腳出門，崔游叫道：「不，回來。國事為大，還是求王公領你先去見駕請罪，後還住所吧。」

劉淵道：「是。」

未幾，劉豹病逝，晉廷按律讓劉淵回去承襲父位，做了左部帥。又過了一段日子，司馬炎下詔擢升劉淵為匈奴北部都尉、建威將軍兼匈奴五部大都督，後來匈奴部族中有人北逃反晉，晉廷罷黜了劉淵的官職。

元康九年[08]，成都王司馬穎封為鎮北大將軍駐守鄴城，才又起用劉淵，表奏為冠軍將軍、監匈奴五部軍事，參與丞相軍事，到鄴城司馬穎帳下聽用。

永安元年[09]秋，劉淵的叔父劉宣想讓他回左國城率領族眾乘亂搶奪晉朝天下，多次寫信總是叫不回來。情急之下，劉宣聚

08　西元二九九年。
09　西元三〇四年。

集同支族人宴飲，對眾人盛怒道：「自漢亡以來，我匈奴單于只是一個虛號，沒有尺寸土地。聽起來，封了什麼王爵、什麼侯爵，編戶跟普通百姓沒有區別。今我部眾可以說衰弱了許多，猶有兩萬之眾，為什麼使自己的兩萬人安坐這裡而看別人稱兵爭雄呢？」他端起青銅酒爵裡的稻，一口歇進肚裡，噴出的濃郁酒氣頃刻彌漫了整個屋宇，又道：「我提議爾等可以這麼想想，今左賢王劉淵英武超世，上天如果沒有意思復興我匈奴，只恐不會賜這等才能出眾之人！匈奴有左賢王這樣的人，又逢司馬宗室諸王權爭國亂，天賜我族復興呼韓邪[10]之業，豈敢錯過？」

召來參加今天宴飲的，多數是劉宣的族兄族弟和昆姪一輩的人，一時群情激奮，揎拳撸袖，表示願聽號令。劉宣見大家都贊成，當下提出推舉劉淵為大單于，眾人又袒臂盟誓大聲贊同，劉宣這時倒沉了臉色，道：「計議已定，可是元海須得歸來，大事方可濟，不知誰能使他從鄴城脫身歸族呢？」

人叢中應聲伸臂轉出一人，道：「在下願往。」

眾皆移目而視，這人姓呼延名攸。呼延攸手貼左胸向劉宣施禮，道：「我想親自拜見成都王司馬穎，說服他令大王[11]身還。」

劉宣望望呼延攸，道：「你以何說辭說動司馬穎？」

10　此指匈奴汗國十四任單于欒提稽侯柵。

11　指劉淵。

第十一回　劉元海歸族建漢國 司馬騰失據遁山東

　　呼延攸左右環視片刻，走近劉宣悄悄說了他的想法，劉宣的臉瞬間放出光彩，點頭道：「行，行，你可以動身了。」

　　呼延攸施禮，道：「是。」

※

　　呼延攸到達鄴地，正值幽州刺史王浚聯合并州刺史司馬騰的兵馬迂迴鄴城周匝，預備攻城。城門啟閉限時，嚴查行人出入。呼延攸想從北門入城。這天他一大早來到北門，一直等到旦食之後才放下吊橋開了城門，遂有整列整列的執搶官兵出來，排在城門兩邊，對入城的人一一盤查，把六七個從北來的人，以幽州王浚請來助戰的鮮卑、烏桓族兵的偵探為名抓去了。呼延攸感到他的裝束和口音，難以混過戒備森嚴城門官兵的查問，便溜出人群轉到西門，蹲在路邊一株樹下遠遠地觀望。西門的盤查與北門一樣嚴，呼延攸沒敢貿然進入，返到三國時曹操築在鄴城之西漳水岸邊的講武城附近住了兩天，才又來到西門查看動靜。門上盤查的官兵見他似有躲閃，頃刻將他押進城裡審問。一開始，他按照劉宣的吩咐，待見到劉淵商議後再拜見司馬穎。可這時，只好直接說他是來進見成都王司馬穎殿下的。審問的官兵當下遜言恭色向他賠禮道歉，揖讓出手引他來到司馬穎帳裡。呼延攸進門略望一眼端坐案後的這位司馬皇家貴冑，而後俯身細步走近，屈膝下跪，道：「遠客呼延攸拜見殿下。」

愁於戰事吃緊的司馬穎，無心與他絮煩，一臉嚴肅朝他看去，問道：「見本王若是說對戰之事，可速速稟奏上來；若不是，且退下。」

　　耳聽這般語氣，嚇得伏身在地的呼延攸心頭一慌，嘴裡咕嚕半晌出不來一言，頭也沒敢抬，憑目光的瞟移看見司馬穎已經站了起來，穿著一雙嶄新的方頭鞋一踮一踏，十分急迫地在他前面走動。這使他馬上想到司馬穎此刻心緒的焦躁不安，可他又不能不把話說出去，於是抑制一下心慌，小心說道：「我家帥祖在左國城故世，故來懇請殿下俞允左部帥回去奔喪，主持葬禮。」

　　司馬穎站定，一甩寬袂道：「這等事也需他去？今本王用人之際，不准。」巧在此時，司馬穎看見劉淵與人連袂進來，指一下呼延攸，說道：「這人是來找你的，領了他下去吧。」

　　劉淵略掃一眼下跪的人，心裡慌得連名字都沒敢叫，施禮告退，帶著呼延攸回到住所，閉上門呼延攸轉告了五部尊他為大單于的消息。劉淵內心驚喜，外則不露聲色朝地座位上一坐，問呼延攸各部頭領還說了些什麼。呼延攸從劉淵閉門度出他不想讓別人聽到兩人的對話，遂低聲說劉宣想讓他聚集族兵反晉略地，擴大匈奴勢力範圍。劉淵聽了，說劉宣之意他明白，命呼延攸先回去，轉告劉宣此事定要慎之又慎，最好打起聲援成都王司馬穎的旗號，召集五部之眾，伺機興兵。

第十一回　劉元海歸族建漢國　司馬騰失據遁山東

　　呼延攸應聲領命，行禮辭別劉淵返回左國城。

　　眼見得幽並二鎮兵馬日漸臨近城下了，司馬穎又召集文武幕僚商量禦敵之策。司徒王戎深俯一禮，道：「二鎮兵馬勢盛，不如南去洛陽為妥。」看出司馬穎臉色不悅，王戎哦了一聲又說出一種意見：「要不，差人去向河間王借兵來守鄴城也可。」

　　司馬穎朝王戎點了一下頭，然他馬上又搖了搖頭，道：「王浚靠的是鮮卑、烏桓的北兵。鮮卑、烏桓族人向來驍勇，軍事力量強大，騎兵又迅疾悍猛，借來中不中用？唔，元海，不用這般看我，有話當面講來。」

　　很長日子以來，劉淵對許多事都不願多言，現在司馬穎問到他了，他很想藉了這個機會說些什麼，但王戎在一旁低聲小語，說中原兵是不抵鮮卑、烏桓兵，但有總比沒有強些。司馬穎極不耐煩，歪頭斜看王戎，那架勢是要斷喝出聲了。

　　門外卻有人喊了一聲「報」，就一腳跨進門來，跪下稟道：「幽州兵一股前哨，試圖在城西漳水搭浮橋，請殿下裁奪。」

　　司馬穎出手命他再探，繃起臉看眾人，道：「本王要與陸將軍幾個議議防守，爾等且下去。」

　　眾人出來沒走多遠，身後急促跑來一人，是司馬穎侍衛來召劉淵返回有事。劉淵轉身回返，司馬穎已走出門外來迎他，撩起帷帳讓他進來，道：「元海，本王方才看出你有話沒有說，不知現下還想不想說？」

劉淵施禮，道：「我知道殿下連日所憂者，乃退兵之策。殿下若沒有別的指望，使我回去搬兵怎樣？」

　　司馬穎看了劉淵半晌，道：「搬你匈奴的兵？你久不在族，他等能聽你的？」

　　為了脫身，他只好把族人擁戴他為大單于的話說了出來，道：「呼延攸來送衣物給我，閒聊之間說族人尊我為大單于。他們既尊我大單于了，總得聽我號令吧。如果我率五部健卒來戰，以北人對北人，以騎兵敵騎兵，何患二鎮之兵不退！」

　　司馬穎早聽說匈奴兵也是一支強悍的勁旅，相信了劉淵所獻之計，說道：「本王可以命你去，要速去速回。」

　　劉淵道：「請殿下牢牢守住城池，不要離開鄴城，我會很快帶兵返回。」

※

　　回到離石，劉宣召來各部頭領拜見劉淵，擁立劉淵名正言順成了大單于，招兵買馬，積聚糧草，北方一些民族部落和漢人投靠者越來越多，二十天之間即擴兵五萬。

　　倒是劉淵不忘承諾，命劉宏為大將，率五千騎兵赴鄴城馳援司馬穎。劉宏的騎兵剛下了太行山，一騎探馬奔來說司馬穎已經南去，劉宏勒馬返回做了稟報，劉淵聽後罵司馬穎是無用的奴才。不過，他還是放心不下司馬穎那邊的危難，主張派部將劉延年等人帶兩萬騎兵去討伐鮮卑、烏桓，以顯示自己的實力。

　　這個主張一出，遭到在場眾人的一力諫阻。

　　反對最烈者是劉宣。他氣呼呼地上前一步面對劉淵，說道：「晉人把我匈奴當奴隸一般對待，族人痛恨晉朝的官兵和士族，巴不得使他像朽木那樣一天天爛下去，為什麼還要起兵助他去打鮮卑、烏桓呢？鮮卑、烏桓不也是受晉人歧視的部族嗎？我不能贊成您這樣做。」

　　劉淵抿嘴笑笑，贊道：「言之有理，吾等就先做自己的事情。」

　　坐在對面的劉景，道：「我們這一代人，自當奮力光復我匈奴汗國，不能讓父母白養活一場。」

　　劉歡樂道：「復不復匈奴汗國，聽大單于的。」

　　他的話，劉景不服，回道：「我們匈奴汗國子孫，不會連祖宗興了多少年的國號都不要了吧？」

　　劉景身邊的幾個人高舉雙手喧囂著回應，道：「要做大事，需先復祖宗汗國國號，重振匈奴威德四方之盛。」

　　群言爭議紛亂聲中，只見劉宣快步走來。方才他說了那幾句不滿派兵助司馬穎去攻打鮮卑、烏桓的話之後，就到庭屋旁門那邊臨門站著，聽偵探說上郡鮮卑族落的內情去了。此刻掃見劉淵獨自出了門外，草草打發走偵探後，拔腿過來，問道：「是你幾個把大單于吵走了？」

　　眾人在劉宣走近之時，話語已經少了下來，又逢劉宣這麼

一問，都抬頭左右相顧剛要張口回話，劉淵已朝門裡返來，微仰一副笑臉，說道：「是我自己出外面想些事情。」

劉歡樂問道：「不知大單于想了些什麼，可否說與眾人？」

其時，劉景的目光從劉宣那裡移向劉歡樂，唇邊微露著幾絲嘲諷的笑意，道：「不會還在想司馬穎那廝的事吧？」

劉宣怒喝一聲：「劉景！」

劉景斜一眼劉宣，低下頭嗤嗤而笑。

氣得劉宣伸一指點著劉景，道：「劉景呀劉景，你嘴裡總是吐不出一句好話來。」

劉淵不想讓劉景再埋怨劉宣，便道：「這話沒什麼不好，他希望我匈奴族興盛，只是如今我族還不可以光復匈奴汗國為旗號。」

劉宣一愣，截住話頭就問：「何以說不可？」

劉淵道：「那樣做的話，只怕中原士民會遠我而去。」

劉宏一干族人，交頭接耳議論說要聽聽劉淵之見，劉淵舉事論理，道：「適才我在門外面想，自古天下為政者在德民。大禹[12]出自西戎，周文王[13]生在東夷，因其時刻不忘布德於民，受到眾多百姓的擁戴。漢有天下長久，緣於恩結於民。當初匈漢和親，與漢結為兄弟，今兄亡弟紹，以承漢統，不是也可以嗎？我

12　有崇部落軍事首領伯鯀之子，夏王朝建立者，死後傳位給其子啟。

13　姬姓，名昌，西周國王，在位五十年，傳位給其子發。

匈奴現有精兵十萬，人心齊，餉秣豐，足可對付晉兵。做得好，可以卒成漢高祖那樣的偉業，至少也不失為曹孟德。」

劉宣一仰臉，道：「您是說稱漢？」

劉淵道：「我想當以漢為國號，追尊漢主，示以承繼漢業，以取民心。有民心，方能有江山。」

劉宏想起劉淵去洛陽做人質時在遙遙路途上說過的一些醞釀於心的話，說道：「這想法，恐怕是大單于早些年謀劃到現在了。那一回，我送他往洛陽的路上，夜宿館驛，我們同榻長談，就說到他日若得志，當建繼漢之漢。此話我一直不解，今日大單于這樣說來，才明白他的想法是建立一個繼漢之後的漢國，顯示自己的正統，以爭取億萬之眾。」

在場的人肅然，異口同聲歡呼起來，道：「稱漢，就稱漢！」

進入十月，大單于劉淵遷回左國城，在劉宣等五部帥和名儒宿德之士的勸進下，答應建國。按太史令[14]宣於修之所擇吉日，築壇南郊。劉淵這時頭戴冠冕，身著龍袍紫綬，在劉宣、劉歡樂、劉宏、劉延年一班文武和虎賁衛士陪同扈蹕之間，前面排列整齊而莊肅的執戈[15]儀仗，一股豪氣登上壇頂，歃血示

14　史官之長，一般為五品，為古代之專設。歷由博古通今、通觀氣數、天數的人擔任，掌管修史、天文、曆法等。

15　青銅兵器，在中國古代出現較早，是先秦時期戰車作戰的主要兵器。漢代之後，戰車已不適應戰爭需要，青銅戈為鐵戟所取代，已不多見於戰場，而儀仗還在使用。

誠，祭告天地，豎起「漢」字大旗，正式建立漢國，劉淵面北叩拜受位稱王。劉宣勸劉淵直接稱帝，劉淵淡淡而笑，道：「還是依漢高祖為前例，先稱王，待平定天下後再議。」

眾人皆唯命是從。

劉淵即漢王位，正襟危坐殿堂受匈奴五部族人拜賀的同時，詔誥天下，建號永熙元年，依兩漢故制建立百官。立正妻呼延氏為王后、長子劉和為世子，封兒子劉聰為鹿蠡王、族子劉曜為建威將軍，拜劉宣為丞相、崔游為御史大夫[16]、劉宏為太尉、劉歡樂為尚書令，范隆、朱紀、劉景、陳元達等文武官員也均有封賞，唯崔游固辭不受。

※

漢國一建立，劉淵君臣就忙於整紀、飭軍、教民課農，以富國強兵，對外進行軍事擴張，奪取晉朝天下，實現自己的政治目標。不料一卷告急軍牒傳到丞相劉宣手上，劉宣說一聲「大事不好」，隨手遞給漢王劉淵。軍牒是戍邊將軍劉延年遣使快騎送來的。劉淵為防并州刺史將兵南侵，派其兄劉延年在大陵築城據守，城還沒有築成，偵探即發現了并州兵的動向。

事因起於晉室宗親東瀛公、并州刺史司馬騰。他配合幽州刺史王浚出兵攻打鄴城，趕跑成都王司馬穎，陶醉於討司馬穎勝利的喜悅中，回到治所晉陽縱情酒色，不理庶政，錯過了南

16　三品，職掌官員彈劾、糾察等。

抑匈奴瞬間崛起的機會，直至見他的轄境之內悄然長出來一個漢國，才感到如芒在背，連臉色都失去了征戰鄴城歸來時的那種光彩，一連數日坐在廨庭少言寡語，飲食大減。這天夜晚，將軍聶玄來到廨庭，躬身前傾朝司馬騰參禮，道：「牧伯所憂者是劉淵之漢吧？」

一直陰沉著臉的司馬騰半晌才動了一下，從下到上望了望身體粗胖的聶玄，問道：「莫非你有為本藩分憂的計策？」

聶玄回道：「裨將是有此意，只怕言之不妥，反誤牧伯之事。」

司馬騰道：「你且說來，由本藩斟量。」

聶玄道：「以裨將臆測，今國家多難，朝廷無暇北顧，這平賊靖亂之任，自然落在牧伯您的肩上。是以當趁其立國未穩，出兵進剿。」稍微一停，他看了看司馬騰的臉，又往下說：「您是宗室貴冑，坐鎮一方，對所鎮之地的叛逆賊寇若坐視不管，恐怕要受朝廷責讓。可是出兵討伐有幾成勝算，實不好料；若是敗了，又會有損牧伯您的名聲，這就是裨將的顧慮。」

司馬騰知道此前李氏在成都發難建立成漢，已使晉朝失去天下共主之狀，今又出現劉淵的漢國，更把國朝一權三分[17]，自感罪責難逃，沉吟半天，說道：「照此看，本藩只能選擇討伐。縱然失敗，也是為國討賊而敗，何況還不一定就敗。聶將軍，

17　原先一個晉國號令統御之地分裂為三。

本藩以你為征討都督，司馬瑜運送糧草殿後，出兵進討劉淵，你可願擔此任？」

聶玄萬萬沒想到這征討都督會落到自己頭上，可又覺得推託會讓司馬騰產生不快，聶玄遲疑半晌，方道：「原想牧伯親自將兵出征為好。如果您以為不可輕離治所，裨將願遵命代行了。」

「遵命代行」之言一出口，彷彿一下子消除了司馬騰的愁容，他鬆緩一下身形，說道：「且莫急。」遂置酒宴於廨庭，召集出征眾將飲畢，各賜戰甲一身。聶玄等參禮面辭司馬騰，往校場點兵三萬離開晉陽，從汾河西岸走出百餘里之遙，迎面一騎汲汲奔來，馬上之人下地跪倒，道：「報──此處為大陵地界，前面不遠有漢兵埋伏。」

聶玄揮臂喝道：「再探！」

偵探承命出帳走後，聶玄就地紮下營寨，連夜領兵繞至漢兵所伏山丘西南。留在原寨的殿軍次日晨出，正面南攻，聶玄大軍從漢軍背後壓來，漢軍腹背受敵，不時自亂，潰散敗走，聶玄小勝一陣。

聶玄正有些得意，沒防漢國建威將軍劉曜揮師殺來。

劉曜相貌奇特，生下來就有兩道白色眉毛，眼露赤光。其父早喪，由劉淵撫養長大，身長九尺三寸，喜愛讀書，兼善弓馬，而且膂力過人，箭射穿鐵，被時人稱為神射。他常自比樂

毅、蕭何、曹參[18]。劉曜年輕時混跡江湖，曾犯案京師洛陽，懼怕坐罪而遠逃塞外，後來逢了大赦回到中原，曾在管涔山隱居過一段日子。是時，劉淵看了劉延年送來的求援軍牒，暗想必得一員上將方可力挫并州之兵的銳氣。他立刻殿堂點將，叫了一聲「建威將軍聽令」。只見劉曜跬步站出班列躬身參禮，劉淵離座走出案前，說：「晉并州刺史司馬騰趁漢國初立，出兵南犯大陵諸地，命你作速領兵禦敵。」

劉曜拜命出征，將兵北進，來到兩軍陣前，那聶玄一看漢將魁梧，斷定他身手不凡。待道了姓名，聶玄在馬上邊罵反賊，邊拿出十二分勇氣與劉曜大戰。站在山岡之上的漢將劉延年，把狼頭大纛[19]舉起獵獵揮舞，埋伏待時的匈奴騎兵奮勇殺入聶玄陣營，晉兵死傷近半。若不是右翼偏師的石鮮驅兵策應堵擋了一陣，潰散的兵卒還不知要死成什麼樣子。聶玄收拾殘兵，與後續兵馬合二為一，數日後又發動了一次攻擊，眼看將要攻到漢兵帥旗下了，又是一彪匈奴騎兵洪水猛獸一般掩殺過來，聶玄無力抵抗，敗退回晉陽。

這彪騎兵是漢王劉淵親自率領的。他擔心第一次上陣對戰的劉曜萬一失利，會影響整個漢軍士氣，遂挑選了五千騎兵前

18　樂毅是戰國時趙國人，曾在魏國大梁做過大夫，後被燕國昭王拜為亞卿，遊說諸國聯合出兵打敗齊國軍隊，為燕國奪回七十二城。燕昭王死後，樂毅回到趙國被封為望諸君。蕭何、曹參皆為漢初名相。

19　古代行軍或重要典禮上的大旗，用羽毛裝飾。

來助陣，會合劉曜長驅大進，將晉陽城團團圍住。

　　圍困在城裡面的司馬騰慌亂登上城牆，聶玄等一干戰將陪著他身倚箭垛瞭望，正見漢兵摩拳擦掌揮旗執兵向前運動，有幾處已經接近護城河的邊沿。司馬騰愁眉不展，只是唱嘆，半天才朝西望望下沉的太陽，遂半轉身，說道：「聶將軍，待日落以後，你集兵趁夜出擊，興許可以取勝。」

　　聶玄有小聰明而非大將之才，想立功留名又怯於陣前廝殺，大陵一戰已是心殞膽落，這時連頭都沒敢抬一抬。

　　司馬騰掃了一眼聶玄，搖動下頦轉向司馬瑜。將軍司馬瑜思考司馬騰對聶玄說話的口氣，並不是直接命令，又憑了自己也是司馬氏一支，就大著膽子說道：「單是徒卒倒也可以對付，那匈奴鐵騎凶暴殘忍，吾等碰上，多數送死。不如且憑城固守，派人去幽州請王浚馳援。」

　　司馬騰十分害怕，身子都有些發顫了，問道：「像你說的，匈奴鐵騎那麼迅猛，求援也怕來不及吧。」

　　石鮮也道：「還有，王浚肯不肯出兵？他可是個勢利小人。」

　　司馬瑜瞪了石鮮一眼，退過一邊。

　　司馬騰以為外有漢兵圍城，內又糧草緊缺，不可於此久留，遂連夜命聶玄為前鋒，自己保著一家老小衝出城來，倉皇往太行山之東遁去。走的時候挾并州饑民兩萬多戶，隨行東去就食趙魏之地，號為乞活。

第十一回　劉元海歸族建漢國　司馬騰失據遁山東

　　事情就是這樣的陰差陽錯，司馬騰本來只是個只宜悠閒坐享君主剖符行封賜予的公爵俸祿的宗室平庸子弟，偏詔命他出任并州刺史，一仗下來就丟了晉陽、西河兩個國治之地[20]，失地千里。

　　漢王劉淵唾手得了晉陽，立命劉曜攻打并州各地郡縣，一路所向披靡，連陷屯留[21]、長子[22]、泫氏[23]諸縣，自己還駕蒲子駐留。

　　他所派遣的另一路大軍，由冠軍將軍喬晞率領直寇介休，縣城陷落，縣令賈渾戰力盡被擒。喬晞勸他投降，賈渾朝喬晞怒噴一口，說他為晉朝縣令，無能守城，已失臣節，豈可再降汝屈事賊漢？要殺便殺，不必多言。

　　喬晞被罵得臉紅脖子粗，喝令武士將賈渾推出去斬首。部將尹崧諫喬晞不要斬殺賈渾之時，與賈渾伉儷情深的妻子宗氏哭號撲來與夫訣別。喬晞見宗氏年輕俏麗，美貌如花，想娶她為妻，由是怒容立刻消了七分。待他在大帳裡下令釋放賈渾之時，武士們已經手掮血刀進帳來報，那宗氏一眼看見，手指喬晞「胡狗」罵聲不絕。喬晞忍怒不住，伸手拔劍刺去，宗氏引頸受戮，一命嗚呼。

20　晉初曾經有過一段封國制。
21　漢置，此時治所在今山西屯留南古城村。
22　此時治所在今山西長子西南八里。
23　今山西高平。

喬晞殺害賈渾夫婦的消息傳到蒲子，漢王劉淵怒斥喬晞所做有失民心，當即命人厚葬了賈渾夫妻，將喬晞追還蒲子，降職四等。

※

逃出晉陽的東嬴公、并州刺史司馬騰，差不多每日都有探馬報來哪個郡哪個縣失守的消息。他除了發於五內的嘆惜，只能一面表奏朝廷告急，一面差使前往幽州請求王浚出兵來援。自以為與王浚有過攻打鄴城的聯盟，王浚會伸出援助之手幫他奪回晉陽，但他等了幾個月也不見回音，只好越太行八陘之一的井陘[24]一路東去。快走出并州地界了，不覺回頭一瞥，萬沒想到他經營數年的并州河山，竟這般一戰丟失，還怎麼往洛陽去見聖顏！滿臉羞愧使他撲通一聲坐下，不走了。聶玄、司馬瑜諸人，看了看司馬騰枯悴的臉色，道：「牧伯倦疲了吧，那就歇息一下再走。」

司馬騰倏地挺身站起，道：「誰說本藩倦疲了？都給我起來！」他站在那裡一口氣點出司馬瑜、周良、石鮮的名字，命道：「你三人即刻將兵折回去攻打漢軍，給本藩奪回晉陽！」

三將自然理解司馬騰此際心情，動作一致地站起來參一軍禮，分別統兵往攻離石。漢王劉淵急遣大將劉欽諸人八路出兵抵禦，四戰皆捷，司馬瑜三人一併逃歸來見司馬騰。

24　秦置，在今河北井陘西北。

第十一回　劉元海歸族建漢國 司馬騰失據遁山東

　　在井陘南面山地等了兩個多月，等來的依然是敗仗，司馬騰沒出聲，起身前走，到了邯鄲西北邊界稍駐腳步，商議北去幽州還是南往洛陽。帳下諸將談前時攻打鄴城，儘管王浚說通過聯手討穎，密切了幽並兩廂的情誼，今後司馬公若有事相托，盡可開口，然而他們從王浚眼神裡看出此人的承諾不可靠。如今兵敗失據去幽州依他，只怕會受冷落。南去倒是可以，須得徑走趙魏。那一帶，公師藩死後他的敗將汲桑、石勒經常出沒。單只有那汲桑倒也罷了，他麾下的石勒驍勇無比，遇上了，會有一場惡戰，那結果……

　　這些話讓司馬騰聽得大不順耳，喝道：「北也不好，南也不行，那你們說該往哪裡去？」

　　一路駕扈陪在司馬騰身邊的聶玄躬身俯下，道：「石勒的驍勇說得神乎，究竟怎樣，我們幾個都沒有與他交過手。再說了，人說小心沒大錯，前面放出偵探，探一步，走一步。」

　　司馬騰深嘆一聲，道：「只能這樣了。石將軍，你遴選一些機敏幹練之士為前哨，察風探險，隨時報來。」

　　石鮮參禮，道：「末將遵命。」

　　石鮮在前面走出一天多路程，遇見一支人馬橫在路上，雖然人數不多，但他還是立即差人快馬向後面傳遞了消息，而後轉向前面，喊道：「光天化日之下，何人敢擋東嬴公去路？」

　　攔在路上的是冀保。他兩手張起習慣性地一揮，胡報了一

聲，道：「本人冀火爆，可聽說過？」

石鮮也胡亂說道：「我可不管你飢和飽，只問是何阻擋東嬴公去路？」

冀保又揮動兩隻手臂，呵呵笑道：「本來可以讓爾等這些屢戰屢敗的敗軍之將過去，只是近來山寨兄弟們缺些花費，留下買路錢，便好商量。」

石鮮道：「我今日走得匆忙，沒帶分文。」

冀保道：「這好說，留下項上人頭替代也可以。」

石鮮嗤笑一聲，道：「待我先取了你的人頭，看誰還敢再要買路錢。」一邊說一邊舉槍敵住冀保，其他兵士隨了主將撲上來。冀保手中的刀一揮，叫道：「都給我上！」兵卒們向前一衝，當下倒下了五六個，其餘的數十人向後退縮。石鮮的槍又使得精熟，槍槍致命，冀保招架不住。在這危急時刻，他的身後殺來一哨兵馬，為首一將乃支雄。

事情是這樣的：公師藩白馬津戰死，汲桑、石勒眾人也被苟晞大兵打散。冀保、支雄訪尋數日，覓不到汲桑、石勒下落。支雄提出先找個地方紮下營寨而後再派人尋訪。冀保想起他在臨水為奴時，知道北面幾十里之外的大山裡，有一處久已荒蕪無人居住的土堡，可以屯兵，支雄便與他引了部分殘兵到那裡駐紮下來。昨日，探馬報說并州刺史司馬騰兵敗南逃，將從武安北界經過，冀保火爆性子一發，要領兵半路襲擊司馬

騰，以報掠賣為奴之仇。支雄也憋著一股報仇之氣，可又覺得
自己的人馬不足三百，不是對手，不願去冒那個險。而此際日
落西山，天黑下來，草堂屋裡的牲油鼎霍霍燃起，火苗升得數
尺高。支雄將冀保推到鼎邊坐了，說道：「你我都是被司馬騰
掠賣的。今仇人來到，理應攔路截殺。可我以為司馬騰雖然兵
敗，他的幾位戰將完好無損，不可輕敵。」見冀保頻頻搖動兩手
不同意他的意見，支雄邁步過去蹲到他面前好言相勸：「此仇
不是不報，然報仇得有可以一戰勝之的兵馬。前天不是探得兩
位主將去了茌平馬牧場了嗎，可差遣快騎前去，請他們盡數帶
兵來襲，似可獲勝。」

冀保道：「你想等你等，我可等不得。」

支雄道：「那廝攜家帶口，那麼多人，三日五日不會走出多
遠，請兩位主將帶騎兵來，不怕追不上他。冀保兄，你的火爆
性子得改一改，還是照我的想法來。」

冀保支支吾吾，道：「照你的，不行，不行，嗯，也行。」

身旁的侍兵按支雄的吩咐伺候冀保躺到圓口鼎旁邊鋪的草
上睡了，支雄自己也睡了。

約到半夜子時，侍兵來添牲油鼎裡的油，走動的腳步聲驚
醒了支雄，發現冀保與其平素相親近的一干兵卒都不在了。料
是下了山，支雄勒了一匹快馬追至半路勸說，冀保還是不聽，
又返回土堡集中起全部兵卒趕了來，替冀保擋了一陣。石鮮這

邊剛敗陣逃跑，後面的司馬騰的人馬露頭了。支雄與聶玄戰了數個回合，深感聶玄功夫不淺，暗示冀保帶了所有人馬朝東走，隨後虛晃一槍，拍馬撤退。

（待續）

電子書購買

國家圖書館出版品預行編目資料

奴隸帝王 —— 石勒：英雄出少年 / 毋福珠著.
-- 第一版 . -- 臺北市：崧燁文化事業有限公司，
2022.05
　面；　公分
POD 版
ISBN 978-626-332-357-5(平裝)
857.45　　111006642

奴隸帝王 —— 石勒：英雄出少年

臉書

作　　　者：毋福珠

發 行 人：黃振庭

出 版 者：崧燁文化事業有限公司

發 行 者：崧燁文化事業有限公司

E - m a i l：sonbookservice@gmail.com

粉 絲 頁：https://www.facebook.com/sonbookss/

網　　　址：https://sonbook.net/

地　　　址：台北市中正區重慶南路一段六十一號八樓 815 室

Rm. 815, 8F., No.61, Sec. 1, Chongqing S. Rd., Zhongzheng Dist., Taipei City 100,
Taiwan

電　　　話：(02) 2370-3310　　　傳　　　真：(02) 2388-1990

印　　　刷：京峯彩色印刷有限公司（京峰數位）

律師顧問：廣華律師事務所 張珮琦律師

定　　　價：350 元

發行日期：2022 年 05 月第一版

◎本書以 POD 印製